Ese día cayó
en domingo

Sergio Ramírez

Ese día cayó en domingo

Penguin
Random House
Grupo Editorial

Ese día cayó en domingo

Primera edición en España: septiembre de 2022
Primera edición en México: septiembre de 2022
Primera reimpresión: noviembre de 2022

D. R. © 2022, Sergio Ramírez Mercado
en colaboración con Agencia Literaria Antonia Kerrigan

D. R. © 2022, Penguin Random House Grupo Editorial, S. A. U.
Travessera de Gràcia, 47-49, 08021, Barcelona

D. R. © 2022, derechos de edición mundiales en lengua castellana:
Penguin Random House Grupo Editorial, S. A. de C. V.
Blvd. Miguel de Cervantes Saavedra núm. 301, 1er piso,
colonia Granada, alcaldía Miguel Hidalgo, C. P. 11520,
Ciudad de México

penguinlibros.com

D. R. © diseño: Penguin Random House Grupo Editorial, inspirado en un diseño original de Enric Satué

ISBN: 978-607-381-927-5

Impreso en México – *Printed in Mexico*

Índice

1

2

3

A Claudia Neira

1

Hola, soledad

Canto que emiten los pájaros: trino. Encadenamiento fatal de sucesos: destino. En la noche calurosa, su mano humedecía de sudor la página del *Libro de oro de los crucigramas*, y, como siempre, se llevaba el lapicero a la boca para morderlo mientras buscaba las palabras. Su cabeza vivía llena de palabras horizontales y de palabras verticales. Y de letras de boleros de antes del diluvio universal, aquellos que interpretaba el vocalista de la orquesta de los hermanos Cortés imitando a Rolando Laserie en las tertulias dominicales del Club Social donde una aprendía a bailar con los primos o con los noviecitos. Canción bailable de ritmo lento: bolero.

Vuela mariposa del amor, juguete del destino, un tocadiscos automático su cabeza tocando boleros, como el que Eduardo le había comprado recién pasada la boda, para que no te aburrás cuando estés sola, Soledad. Como entonces, cada long play de la pila cae sobre la tornamesa y da vueltas raspando la aguja en su cráneo, yo soy un pájaro herido que llora solo en su nido porque no puede volar.

La colmaba un desasosiego que la hacía impulsarse en la mecedora buscando que el vaivén fuera a calmarla, un ave de alas que el vendaval rompió, sola, sin hijos, sin padres, sin amigas. Y encima se llamaba Soledad. María Soledad. Dejó de mecerse, y los balancines se quedaron quietos bajo su peso.

Las nueve de la noche. Había resuelto permanecer en la salita de estar donde veía televisión, hacía crucigramas y a veces bordaba en punta de cruz. Medias de seda, zapatos de charol negro de medio tacón, una falda negra y una blusa blanca planchadas a la carrera. Seguía lloviendo en ráfagas que soplaban contra la casa de corredores abiertos, anegándolos.

En la cocina continuaba el ajetreo. Los meseros de la funeraria habían traído bandejas de madera, una jaba con tazas y escudillas suficientes, y una percoladora con capacidad de cincuenta tazas. En la sala de visitas, una vez desalojados los muebles, toda la vida cubiertos con sus fundas plásticas porque nadie se sentaba allí, los operarios claveteaban para instalar el catafalco, colocaban la peaña, el cortinaje, el cristo crucificado de yeso. El cadáver llegaría a las diez.

Te seguiré hasta el fin de este mundo, te adoraré con este amor profundo. Que tiene el fondo muy distante de la boca o cavidad: profundo. Deja atrás ya los sesenta, pasada de peso, nada de pilates, nada de salones de belleza, nada de cremas rejuvenecedoras, abandonada de sí misma en el encierro de la casa que desde fuera parece deshabitada, salvo esta noche cuando se halla llena de extraños. Asida a los brazos de la mecedora ahora quieta retrocede con cautela hacia la neblina del ayer perdido y se ve en su dormitorio de la casa paterna, un caserón de tres patios en el barrio San Juan:

Van a ser las dos de la madrugada, tiene diecisiete años y está a punto de tomar la decisión de su vida. Siente un pálpito en el estómago y de pronto unas ganas de vomitar provocadas por el miedo, que se aplacan solas. El dormitorio huele a Flit porque cada noche una empleada va de cuarto en cuarto fumigando los rincones con una bomba manual. El mosquitero de la cama de dosel se halla recogido con sus lazos de organdí en cada uno de los cuatro pilares. Su camisón está tendido sobre el cobertor rosado.

En la mesa de noche, en el bolso de piel de lagarto el pasaje de la KLM Managua-Panamá-Willemstad-Ámsterdam-Ginebra, la libreta de cheques del viajero que se cierra con un broche, el pasaporte nuevo con sus páginas limpias salvo la que tiene estampada la visa suiza, y sobre el tocador el neceser donde van la vanidad de concha nácar, el lápiz labial rosa tenue, el lápiz de cejas, las pastillas de Gravol para el mareo en precaución de las bolsas de aire. Junto a la puerta las valijas de color celeste. El neceser, también de color celeste, se refleja en el espejo ovalado.

La salida rumbo a Managua su papá la ha fijado para las cinco de la mañana porque hay más de una hora por carretera desde León y a las ocho sale el vuelo del aeropuerto Las Mercedes. Tíos, primos, compañeras de colegio van a ir a despedirla en comitiva. Me voy, no me voy, me quedo, no me quedo.

Eduardo andaba por los treinta años, un hombre hecho y derecho. Se quedó huérfano a los quince, porque sus padres habían muerto en un accidente de tráfico cuando un camión se les vino encima una medianoche que volvían de una fiesta en Chinandega, y el señor, con tragos, no pudo maniobrar. A esa edad, siendo hijo único, se hizo cargo de la finca de trescientas manzanas en Telica que le quedó en herencia. Fue para los tiempos en que entró en Nicaragua la fiebre del algodón, el oro blanco, como lo llamaban, y él convirtió los pastos en algodonales. El papá de ella, dueño de la desmotadora más grande de León, le recibía el algodón en rama. Parece mentira que a edad tan tierna pudo con toda esa carga de responsabilidades, la vida le enseñó y ha sido un buen alumno de la vida, se hizo solo, decía de él, admirado, cada vez que llegaba a la casa en días sábado a liquidar cuentas y a recibir los cheques de pago a la oficina contigua a la sala; y así fue como ella lo conoció, y viéndose de largo, se enamoraron.

Muy correcto, muy esforzado, pero lo que no tenía era apellido. ¿Por qué, Señor, los seres no son de igual valor? Al darse cuenta del noviazgo, su papá acabó con el trato del algodón, nunca más vuelve a poner los pies en mi casa, pedazo de mierda igualado, qué sé yo qué pata puso ese huevo, y a ella la había recluido interna en el colegio de las monjas de La Asunción, pero Eduardo le hacía llegar sus cartas clandestinas a través de la maestra de dibujo y perspectiva, a la que él volvió su cómplice.

Eran cartas rudas pero súper amorosas, y en ellas echaba mano sin ningún recato de los cancioneros y de las poesías del *Tesoro del declamador*, siempre escritas con tinta verde —nunca se detuvo ella a averiguar por qué escribía con tinta verde—; y ya fuera del internado, después de bachillerarse, le siguió escribiendo a través de la misma maestra de dibujo que tenía vía franca en la casa, y en la última carta, la antevíspera del viaje, le decía amor te venís nada más con lo que andés puesto, dejás todo, ropa, lo que sea, no se te ocurra traer ni un centavo y menos los cheques de viajero que me dijiste que fue tu papá a comprarte al banco, esos rompelos en pedacitos porque no quiero que nadie diga que a mí lo que me interesa es su dinero, ese señor igual que te puso interna como una prisionera por el solo delito de amarme te quiere separar de mí solo que ahora mandándote bien lejos, no sé nada de Suiza más que es el país donde hacen los relojes de pulsera, tu papá podrá tener millones pero yo te tengo a ti, es cierto que vas a causarles un dolor y lo mismo a tu mamá que es igual de orgullosa y también me ve de menos, pero más me lo han causado ellos a mí con su rechazo porque yo tengo mi dignidad y tampoco soy ningún mendigo ya que puedo darte una vida holgada y decente, voy a estar esperándote en la esquina del billar que está a dos cuadras de tu casa a las dos de la mañana en punto, hubiera querido llevarte al altar en la capilla del colegio y que dejaras tu ramo de novia al pie de la Virgen como vos decís que es tu ilusión pero no todo lo que uno quiere en la vida se puede y de todos modos nos va a casar el cura en Telica que fue amigo de mi papá y si no aparecés ya sé que no tuviste valor y no te culpo y entonces que te vaya bien en tu Europa y que te hallés tu príncipe de la realeza pero nunca más volverás a saber una palabra de mí y hacé entonces de caso que no existo.

Salió sigilosa de su cuarto dejando todo atrás, cartera pasaporte cheques del viajero neceser valijas ni una prenda de ropa, todo como él mandaba y quería, caminó al tanteo en la oscuridad hasta alcanzar el segundo patio donde estaban los cuartos de las sirvientas y llegó al tercer patio sembrado de mangos y caimitos, quitó la tranca del portón trasero y salió a la calle, caminó las dos cuadras y allí estaba él de traje oscuro y corbata sentado en las gradas de la puerta del billar bajo el resplandor amarillo de la luminaria, fumando un Esfinge. Era extraño verlo vestido así a esas horas y en ese lugar, pero iba a casarse y no podía andar de cualquier manera, aunque ella, por su parte, de dónde iba a sacar un vestido blanco, el velo, el ramo, la corona de azahares.

De pronto él la vio, se levantó, botó el cigarrillo sin apagarlo, recogió el pañuelo que había puesto para sentarse, siempre hacía lo mismo, en la banca del parque Jerez se sentaba sobre el pañuelo cuando llegaba los sábados al mediodía a divisarla aunque fuera de lejos pues le tocaba salida, no se atrevía a acercarse porque el chofer malencarado no le quitaba ojo, fiel como un dóberman a su patrón, mientras sostenía abierta la puerta del Oldsmobile para que ella entrara.

Me acerco a paso lento. Eduardo no viene a mi encuentro, no sonríe. Nos miramos. No nos decimos nada. El nudo de su corbata está mal hecho, los picos del cuello levantados, pero no me atrevo a arreglárselos. No me atrevo a tocarlo. A la vuelta de la esquina tiene parqueado su jeep, el jeep de sus viajes a la finca, sin toldo, un cajón al aire libre, puras latas, las llantas enlodadas, me siento a su lado, arranca y agarra velocidad por las calles desiertas rumbo a la avenida Debayle, el viento me golpea la cara y a mí me embriaga la felicidad aunque también me embriaga el miedo, miedo al futuro incierto, miedo a la felicidad misma, y un pesar, una gran tristeza, porque atrás quedaba para siempre mi casa oscura y silenciosa, donde estaban mis papás dormidos con el despertador de números fosforescentes puesto a las cuatro de la mañana, una hora para bañarse y alistarse y desayunar algo rápido antes del viaje. Todo tiene su castigo, pensaba, esto no se va a quedar así, este atrevimiento mío me va a costar un día lágrimas de sangre.

Mi papá me aplicó para siempre la ley del silencio, hay que entenderlo a él, decía mi mamá, que ella sí venía a verme en secreto al reparto Fátima, a esta casa que Eduardo había construido en León con las ganancias del algodonal sin necesidad de pedirle ni un solo peso al banco. Hay que entenderlo a él. Él, llamaba ella a mi papá, con temor hasta de pronunciar su nombre, como si fuera Dios mismo en persona bajado de los cielos, le quitaste su ilusión, tenés que entenderlo, la ilusión de ver a su hija única educada en Suiza, una hija que hablaría tres idiomas además del propio, francés, inglés y alemán como alardeaba en el Club Social delante de sus amigos entre rondas de Old Parr, al prospecto del colegio de monjas de Ginebra le prendió fuego con el encendedor, nunca se preocupó de reclamar el monto de la matrícula y el adelanto de pensión y colegiatura, un dineral, tampoco pidió el reintegro del pasaje a la KLM, ¿y mis ilusiones?, ¿quién me las reembolsa?, se quejaba al borde de las lágrimas en la intimidad del dormitorio, mentira mamá, me mandaba lejos porque lo que quería era separarme de Eduardo, lo veía poca cosa para mí, no hijita, eso puede ser cierto en parte, pero las ilusiones que tenía no se las negués, si lo vieras, es otro, los pantalones se le caen de tan flaco, si le hablás tarda en contestarte como si estuviera en la luna de Valencia, la tranquilidad de espíritu ya no se la devolvió nadie desde aquella madrugada cuando en medio del trajín, preparándonos para el viaje al aeropuerto, solo encontramos tu cartera de charol en la mesa de noche, el juego celeste de valijas junto a la puerta, el neceser sobre el tocador, todas las criadas buscándote, no está por ninguna parte señora, habías abandonado el hogar paterno al amparo de la noche como una cualquiera. Una ramera, fue la palabra que él había usado.

Su internado en el colegio del Sagrado Corazón en Lausana fue esta casa a la que recién casados se pasaron, todavía sin terminar, toallas en las ventanas en vez de cortinas, los idiomas que aprendió fueron desengaño, rabia y tristeza, ahora ya ni se acuerda de qué color habían sido aquellas ilusiones que de todos modos son siempre color de rosa tal como las pintan en los boleros que se bailaban pegadito, se entregó a él en un motel de la carretera a Chinandega después de la boda, por lo menos eso, una boda por la Iglesia, entraron sigilosos como ladrones al templo parroquial de Telica para que el cura, de mal genio por causa del desvelo, los casara en la sacristía que olía a cuita de murciélagos, y mientras tanto vivieron en la finca, en la casa de tablas blanqueadas donde se respiraba toxafeno porque allí mismo almacenaban los barriles de insecticida para la fumigación de los plantíos que hacían las avionetas, y Eduardo puso dos hombres armados en el portón, no fuera que a ese señor se le ocurriera alguna violencia y viniera a querer llevarte a la fuerza y entonces podía correr la sangre de ambos lados y sería una desgracia porque ni manco ni coto me hizo Dios.

Y yo, en lugar de angustia y miedo por lo que pudiera pasar si mi papá, que de verdad tenía un carácter violento, se presentaba a buscarme, me sentía más bien protegida entre los brazos de Eduardo, olvidados del mundo, del tiempo y de todo, a mí qué me importaba lo demás, aislada de mis amigas que desaparecieron para siempre, cero tertulias en el Club Social, cero baby showers, cero té canastas, para qué necesitás a esas tufosas, se reía Eduardo, conmigo en el mundo tenés más que suficiente.

Y mi papá, la soberbia en persona, le he suplicado, hijita, qué te cuesta un gesto, una palabra, pero él, cerrado, aquí que no vuelva, hacé de cuenta que nunca tuve una hija o si la tuve está muerta, mi mamá lloraba al decírmelo y yo también lloraba, ya estaba embarazada y cuando el niño nació pensé que hasta allí llegaría la furia de su rencor pero no fue así, nunca vino a conocer al niño, y a los pocos meses le dio el derrame que lo dejó paralítico en la cama y fui yo la que entonces quiso ir a verlo, me mordía la culpa en el fondo del alma, a lo mejor yo era la causante de su mal, y Eduardo: cómo se te ocurre semejante dislate.

Comprensivo, me llevó en su jeep, ahora era un Land Rover nuevo, y me dejó a dos cuadras, en la misma esquina del billar donde me había recogido la noche en que nos fugamos, entrás sola, aquí te espero porque yo no me expongo a ninguna humillación. Entonces traspuse la puerta cargando al niño y la bolsa con los pañales y los biberones, una casa que me parecía ya tan extraña como si nunca hubiera vivido en ella, me recibió mi madre muerta de congoja al verme, hizo de tripas corazón y fue al aposento a decirle a él que allí estaba yo, tenía que escribir en una pizarrita de niño de escuela lo que quería decir porque el habla la había perdido, balbuceos nada más, puso en la pizarra que me volviera por el mismo camino que había venido, *ya la lloré y ya la enterré*, y yo gemía con el niño en brazos, andá otra vez, decile que no sea ingrato, que soy sangre de su sangre, que me deje verlo, y fue mi mamá, borró ella lo escrito en la pizarra para que pudiera escribir de nuevo, regresó, que está bien, que podés acercarte a la puerta del aposento, que podés verlo desde la puerta, y que una vez que lo hayas divisado te vas. Y cuando me paré en el umbral cargando al niño, él, recostado sobre las almohadas en una cama de hospital, la cara y las manos lívidas, la boca abierta de la que le caía la baba, oliendo de lejos al agua de colonia con que lo friccionaban después de bañarlo cada día, no abrió los ojos. No quiso abrirlos. Lo vi, pero él no me vio. Y murió sin conocer a su nieto.

Un padre que te declara muerta en vida. Un hijo que se me murió al año de nacido. Un marido que apenas habían pasado seis meses de vivir juntos, yo con mi embarazo, y al volver en la noche le sentía el tufo de otra mujer. Me armé de valor, le reclamé. Es cierto, me dijo, te soy sincero. Te estoy engañando, pero nada puedo hacer contra eso, hice el esfuerzo de dejarla, pero no pude. Y no es que la encontré en mi camino después que nos casamos, ya existía desde antes, quiero que sepás. Y seguirá existiendo. Ese era aquel por quien lo dejé todo en la vida. Casa, padres, estudios en Suiza, herencia. Porque mi papá me desheredó.

Por qué fui dócil, por qué no le arañé la cara, por qué no cogí camino en la oscuridad como cuando abandoné mi hogar. Me puso la mano en el hombro, la mantuvo allí, una mano cálida, pesada, el reloj de pulsera metálica entre los vellos enmarañados de la muñeca. No se la aparté. Pidió su cena y por qué dije que se la sirvieran, por qué me senté a su lado a verlo comer, por qué le pregunté si iba a tomar café, como si nada.

No me abandonó y eso fue lo peor, que no me abandonara. Me hizo acostumbrarme. Salía para donde la otra y yo lo sabía. Se bañaba, se perfumaba, como si fuera a una visita de novios. A veces me traía de regalo un bonito vestido. Lo habrá escogido ella, pensaba yo. Luego al domingo siguiente me lo ponía para que él me lo viera. Un día no aguanté más y se lo conté todo a mi mamá. Me arrojé en sus brazos llorando, necesitada de consuelo. Ay, hijita, me dijo, los hombres, si hubieras visto a tu papá, nadie iba a creerlo, los dolores de cabeza que me dio con sus infidelidades, pero para qué contarte, no quiero revivir esas penas, conformate con las tuyas que así son ellos y no hay quien los componga.

Hasta hoy que vinieron a avisarme que le dio un infarto en la casa de la otra. Todavía no había empezado a llover cuando apareció el chofer, muy asustado con la noticia, era él quien lo llevaba y lo traía de esta casa a la casa de la otra. No he tenido nunca confianza alguna con ese chofer, buenos días, buenas noches y se acabó, era su cómplice y por eso ahora se mostraba nervioso, a lo mejor esperaba

verme llorar pero no me salía el llanto, y por primera vez en mi vida hice valer mi autoridad con él, vaya
por favor a la funeraria Heráldica y que se hagan
ellos cargo de traerme el cadáver ya preparado, esco-
ja usted el ataúd, les dice que vengan a armar el catafalco aquí en la sala, vea si ellos mismos se hacen
cargo del servicio para la vela, el café, los sándwiches,
el pan dulce, y mañana temprano va al cementerio
a arreglar lo del terraje y se encarga también de
buscar los albañiles, sí señora, respondía a cada rato,
sí señora, y ya se iba deprisa a cumplir mis instrucciones cuando lo detuve. Espérese, tiene que llevar
la ropa con que lo van a vestir, y fui al cuarto, sa-
qué del clóset un pantalón oscuro, camisa blanca,
ropa interior, calcetines, zapatos, y le entregué
todo, traje entero no tenía, desde la boda no volvió
a ponerse otro. Señora, me dice el chofer, zapatos
no se les ponen a los muertos. ¿Quién ha dado esa
ley?, le respondí, y él se fue con la mudada, sin decir nada más.

Entonces volví al cuarto, me vestí en debida
forma porque todo el día me la paso en chinelas y
en bata, y ahora estoy aquí sentada, esperando. El
último *Libro de oro de los crucigramas* está casi lleno,
solo tengo unos cuantos pendientes en las últimas
páginas. Antes hacía los crucigramas de los periódicos y los de *Vanidades* y *Glamour*, pero no me duraban nada, así que me pasé a los libros, hay rimeros
de *Libros de oro* terminados en una cómoda. Palabras de cajón que con el tiempo me he ido apren-
diendo de memoria y así la diversión pierde gracia, pero con cualquier cosa hay que engañar la
soledad, los crucigramas, la televisión, sobre todo

desde que Eduardo contrató el servicio de cable, y además de las novelas me entretienen la vida de los animales, los muñequitos animados, los concursos de sabiduría, los shows de cocina. Y los boleros en el tocadiscos, que rondan eternamente mi cabeza.

Se van acercando las diez de la noche. Ha comenzado a escampar. Oye el ruido de un vehículo, un motor que se apaga. Dentro de la casa resuenan voces. Es la floristería. Traen dos coronas con las cintas escritas en letras plateadas. Una es de la Compañía Automotriz, que vende los tractores Caterpillar. La otra del Servicio Agrícola Gurdián, que vende el insecticida Malatión. Vuelve a mecerse, empujándose con los pies. Ha comenzado a invadirla una cierta somnolencia, los párpados se le cierran pesados de sueño. Tendrá que pedir a uno de los meseros de la funeraria que le traiga un café cargado. Para cuando el carro fúnebre llegue tiene que esperar el ataúd en la puerta. Mientras tanto, acerca el libro de crucigramas, toma el lapicero. Palabras verticales. Túmulo funerario: catafalco. Palabras horizontales. Carencia voluntaria o involuntaria de compañía: soledad.

2006-2017

Vivir mi vida

Para Fer

Los jueves el niño salía a las tres porque tocaba entrenamiento de futbol, y la madre lo recogía en el estacionamiento de la cancha. Mamá, voy llegando, le avisaba, porque su regalo del último cumpleaños había sido un Samsung Galaxy. Vestido con su uniforme de camiseta amarilla y calzoneta blanca se balanceaba en sus zapatos de taquitos al acercarse al Yaris donde ella esperaba al volante, la mochila escolar a la espalda y en la mano el maletín Adidas, sudoroso pero feliz. En el camino de regreso iba contándole desde el asiento trasero sus hazañas de mediocampista, baja la voz, cariño, te escucho muy bien sin necesidad de que grites.

Marisa se llama la madre. Raymond el niño. Matías el padre, quien no regresará sino pasadas las siete de la noche en el Corolla que le ha asignado la empresa. Es vicegerente de marketing de Procter & Gamble y suele tener juntas a deshoras donde se discuten las estrategias para no perder terreno frente a Unilever, una cerrada disputa por el mercado de desodorantes, shampoo y jabones, toallas sanitarias y papel higiénico.

Viven en Residencial El Rialto, y cada vez que hace sonar el claxon para que el guardián pulse el botón que abre la reja eléctrica de acceso al reparto,

Marisa no deja de sentir un grato cosquilleo de satisfacción en el plexo solar. Dentro de las murallas de aquella ciudadela no hay ruidos de talleres de soldadura ni vulcanizadoras donde los operarios destapan las llantas en plena acera, ni humo de autobuses, ni pregoneros de lotería, como cuando vivían en casa de sus suegros en el casco antiguo de la ciudad. En las piezas exteriores de las casonas coloniales se han instalado ahora bares, restaurantes chinos, salones de tragamonedas y almacenes de ropa que sacan a las aceras sus maniquíes de fibra de vidrio, calvos o decapitados, y anuncian sus mercancías con sones de cumbia y letanías de reguetón.

El Yaris huele a ambientador floral. Las bolsas negras de la basura, debidamente selladas, esperan en los porches de las casas por el camión que pasa siempre puntual. El tráfico es escaso en las calles asfaltadas que tienen la tersura del terciopelo, y solo pueden circular los vecinos y los visitantes autorizados, previa identificación en la garita de control; nadie corre a la loca porque hay reductores de velocidad pintados de amarillo canario cada cincuenta metros, lo que permite a los niños patear la pelota sin ningún peligro. También pueden jugar a gusto en el área verde sombreada por eucaliptos, pinos y cipreses trasplantados con grúas, y un estanque donde nadan patos de plumaje marrón y collar blanco.

Sus suegros vienen a almorzar algún domingo, y ella es ahora quien pone las reglas. Antes tenían que esperar el llamado para acercarse al comedor, como pupilos acongojados de una de esas pensiones donde las sábanas están siempre húmedas y huele a sopa de pollo deshidratada y desinfectante para pisos.

El club del reparto tiene una junta de vecinos de la cual ella es secretaria. Hay un salón de eventos sociales, una piscina con sus vestidores, parrillas al aire libre para asar carne y hamburguesas, y una cancha de voleibol. Es allí donde almuerzan con los suegros, que no dejan su aire cohibido sabiéndose fuera de ambiente; y su suegra, mientras come la ensalada rusa a bocados lentos, rumia su desconsuelo pues sabe que, con los ingresos del marido, que hace trabajos de contaduría a destajo en diversas casas comerciales, nunca saldrán de aquel caserón decrépito de puertas y ventanas enrejadas.

Las casas de El Rialto son todas de dos pisos y tienen el mismo diseño, una fachada que remata en un capitel triangular y un tragaluz redondo debajo del capitel; pero a los compradores se les permite pintarlas a su gusto, y construir anexos en la parte trasera, tomando parte del patio, siempre que los planos sean aprobados por la compañía urbanizadora; también pueden sembrar los árboles que quieran en el perímetro que les corresponde. Ella sembró al frente una palmera de abanico, de esas que tienen hojas parecidas a las del platanero.

Hay modelos de dos recámaras y de tres. El de ellos es el de tres, con ciento ochenta metros cuadrados de construcción. Las recámaras se hallan ubicadas en el segundo piso, la principal con cuarto de baño privado y las otras dos con uno compartido. En el primero se encuentran la sala comedor, un pequeño estudio que ellos usan como sala de televisión, la cocina, el cuarto de la doméstica, una bodega, un espacio lava y plancha, y un tendedero.

Escogieron el modelo de tres recámaras porque piensan en un segundo hijo, ojalá una mujercita, a pesar de que tener a Raymond no fue fácil. Marisa padece de estrechez del cuello del útero. De todos modos, están muy a tiempo de volver a intentarlo, pues Matías tiene treinta y dos años y ella veintinueve. Raymond es un niño hasta allá de inteligente, y su capacidad de percepción, análisis y comprensión supera los parámetros de su edad, según los entusiastas reportes del school counselor.

Saben que la hipoteca es asunto largo, veinte años de plazo. Apenas van por el tercero, y durante un tiempo prolongado solo abonarán los intereses bancarios, de modo que su único título es una escritura de promesa de venta. La propiedad sigue estando en manos del banco, pero eso no los hace sentir menos dueños porque pagan cumplidamente las cuotas; el trabajo de Matías en la compañía es seguro, con posibilidades abiertas de ascenso, y ella aporta sus ganancias como agente de bienes raíces por cuenta propia.

Su nivel de ingresos les permite también mantener a Raymond en el Saint Thomas. En las aulas, la cafetería y las canchas solo está permitido hablar inglés. Pagan quinientos dólares mensuales, pero lo hacen con gusto. Su hijo no solo recibe una excelente educación, sino que tiene la oportunidad de relacionarse con niños de buenas familias. Su suegra usa la palabra *rozarse*, que a Marisa le parece vulgar.

Sus mejores amigos son Jorge y Clara Eugenia, padres de Wendy, compañera de clases de Raymond. Fueron ellos quienes cuatro años atrás los invitaron a escuchar una prédica del padre Graciano, guía del grupo catecumenal del Verbo Encarnado. Jorge es ingeniero de sistemas y trabaja en la planta de ensamblaje de Entel, en el parque tecnológico de Majada Vieja, y Clara Eugenia regenta un gimnasio aeróbico en la calle Euclides Lucientes, cerca del pequeño enjambre de rascacielos del distrito financiero.

Aceptaron con cierta reticencia, porque ninguno de los dos mostraba entusiasmo por la religión, pero regresaron encantados del estilo llano del sacerdote, con tanto sentido del humor que se permitía contar chistes a costillas de los personajes de las sagradas escrituras; y en poco tiempo se integraron al grupo, donde reina tal camaradería que tras las sesiones en la casa pastoral de la Iglesia del Redentor del Mundo se organizan tertulias que no excluyen las bebidas alcohólicas, y el padre Graciano siempre está entre ellos con un vaso de Chivas on the rocks en la mano. La vida de ambos sufrió un vuelco espiritual, y así lo hicieron patente, entre aplausos de los demás, en el testimonio que les tocó ofrecer en una de las sesiones donde cada uno ventilaba en alta voz sus asuntos de fe y sus problemas familiares.

Ese jueves Marisa acompañó como siempre a Raymond hasta su recámara, y mientras ajustaba la temperatura del agua de la ducha, el niño iba dejando por el piso las piezas del uniforme que luego la empleada doméstica vendría a recoger. Lo empujó por la cabeza para meterlo bajo el chorro mientras él fingía resistirse, un juego del que ambos disfrutaban, y fue a prepararle el sándwich de mortadela y el vaso de leche con Nesquik de la merienda, un acto amoroso que no dejaba nunca en manos de la empleada. Minutos después el niño estaba ya en la cocina, oliendo a shampoo de manzanas, y mientras comía siguió hablándole de sus proezas de mediocampista, hasta que ella le recordó que era hora de las tareas.

—Tengo un nuevo amigo, mamá —dijo Raymond.

—¿De tu año? —preguntó ella.

De su mismo año, se llamaba Kenneth. Sus padres venían de Guatemala, el headmaster había llegado a presentarlo a la clase, y el profesor hizo que cada uno de los niños se pusiera de pie para saludar al recién llegado: hola, Kenneth, soy Raymond.

Después de terminar sus tareas, Raymond salió a patear la pelota a la calle donde pronto se congregaron otros niños de las casas vecinas. Al rato empezaron una discusión encendida acerca de Messi y Cristiano Ronaldo, divididos entre partidarios del Barça y del Real Madrid. No la estorbaban las voces en disputa mientras se ocupaba de colocar en la página web de su agencia nuevas ofertas de casas en alquiler, ilustradas con fotografías que ella misma había tomado. Así fue cayendo la tarde y vino la hora de la cena.

La bendición de los alimentos la hacía Matías, pero a veces cedía la palabra a Raymond, como ocurrió esa noche, Señor, bendice estos alimentos que vamos a tomar, bendice a mi papá, bendice a mi mamá, y ayúdame a mí a portarme bien. Terminada su oración, Raymond repitió la noticia sobre su nuevo amigo, hola, Kenneth, soy Raymond, tengo nueve años y vivo en Residencial El Rialto, soy mediocampista del equipo infantil A y mi videojuego favorito es *FIFA*, mis papás ya me compraron el quince.

—Demasiado pronto para llamarse amigos —comentó Matías por decir algo—, apenas tienes unas horas de conocer a Kenneth.

—Mamá, lo había olvidado, me convidó a su cumpleaños este sábado, hay que llevar regalo.

—¿Y la tarjeta de invitación? —preguntó Marisa.

—Vaya, reconozco que ha nacido una amistad —dijo Matías—. ¿A cuántos más invitó Kenneth?

—Solo a mí, y a Wendy —respondió triunfante Raymond—. Y pidió que no se lo dijéramos a ninguno de los demás niños de la clase.

—¿Y la tarjeta? —insistió Marisa.

—Dejate de protocolos —dijo Matías—. ¿Y dónde vive Kenneth?

—Dijo que en Lomas del Pinar.

—¿What? —exclamó Matías—. Esas son palabras mayores.

Marisa sabía bien que sí eran palabras mayores. Las cotizaciones de inmuebles en Lomas del Pinar, en el estrecho valle al pie de la sierra de los Atacanes, eran las más altas del mercado. Las residencias diplomáticas relevantes estaban allí, empezando por la Nunciatura Apostólica, y también era el lugar preferido de los CEO de las transnacionales con filiales en el país.

—Hay dos piscinas, una para grandes, otra para niños con cascada y tobogán, y se puede andar en caballos poni en la propiedad —les informó Raymond—. También hay un cine tipo VIP con butacas reclinables, máquina de popcorn, y ya sentado te ofrecen cocas y nachitos y hot dogs.

—Mansiones de abrir la boca hay en Lomas del Pinar, pero es raro que una como esa yo no la tenga en mis registros —dijo Marisa.

Pero sabía que no era verdad. Propiedades de esa magnitud se hallaban off limits para agencias del tamaño de la suya. Los propietarios preferían negociar directamente con los clientes, o se las entregaban a corredores de empresas de real estate de Florida y Texas.

—Y Kenneth me va a enseñar la pareja de pingüinos —dijo Raymond.

—Pingüinos de goma también hay en la piscina del club —dijo Matías.

—No, papá —respondió Raymond con impaciencia—, son pingüinos de verdad, los mantienen en un frigorífico, y viven entre témpanos de hielo. Uno puede verlos por una pared de cristal.

—Ese nuevo amiguito tuyo sí que sabe inventar —dijo Marisa.

—Son pingüinos emperador —respondió Raymond—, pingüinos muy especiales de la Antártida.

—¿Te vendrán a recoger en helicóptero? —bromeó Matías.

—No, pero vendrá una camioneta blindada —explicó Raymond.

—Exageraciones tampoco —se rio Matías.

—No, papá, Kenneth llega al cole en una camioneta blindada, y el chofer y otro señor esperan afuera hasta que terminan las clases —respondió Raymond—. Me llevó a ver la camioneta, cuesta abrir las puertas de tan pesadas. Pero tienen varias, la que mandarán por mí es otra.

—Bueno, el padre de Kenneth debe ser un verdadero big shot —dijo Matías—, no quiere que le secuestren al hijo.

—No hables de secuestros delante de Raymond —dijo Marisa.

Los adolescentes en juerga que eran víctimas de secuestros exprés, cazados al salir de las discotecas y paseados por los cajeros automáticos hasta que las tarjetas de crédito quedaban vaciadas; los asaltos cuchillo en mano para despojar a los colegiales de sus teléfonos celulares con riesgo de que te mataran de una estocada si no accedías a entregarlo; los pushers que ofrecían descaradamente anfetaminas y raciones de cocaína en los portones de las escuelas, todo eso formaba parte de un mundo de palabras prohibidas que Raymond no debería escuchar.

—Perdón —dijo Matías.

—Tendremos que pensar en un regalo caro —dijo Marisa.

Lo buscaría mañana. Tendría que ir a Toys 'R' Us del mall de Héroes de Torumba. ¿Qué podría gustarle a ese niño? Seguramente lo tendría todo.

—Mañana le preguntas a Kenneth qué quisiera como regalo —dijo Marisa.

—Comida para pingüinos —dijo Matías, golpeándose la frente con la mano como si hubiera dado con una gran idea.

—Esos pingüinos tienen comida suficiente, papá, les dan langostas, centollos y langostinos —respondió Raymond, que no siempre captaba las bromas de su padre.

—Dichosos pingüinos gourmets —dijo Matías—; hora de irse a la cama, caballerito.

Al día siguiente, viernes, una tarjeta con Bob Esponja enarbolando su red de cazar medusas venía en la mochila de Raymond, te invito a mi cumple, habrá la mar de diversiones y sorpresas, ¡no faltes! La novedad era que los padres de Raymond también estaban invitados. Dentro venía una notita escrita a mano por la madre de Kenneth, quien se firmaba simplemente *Luci*. Paralela a la fiesta infantil habría una pool party para los adultos, traigan por favor sus trajes de baño, la piscina tiene un bar acuático. Kenneth ha hecho excelentes migas con Raymond y será una linda ocasión para conocernos, chaucito.

A la hora de la cena el asunto fue examinado a conciencia. Irían, ¿por qué no? Si Wendy estaba invitada, se harían compañía con Jorge y Clara Eugenia para no sentirse como gallinas en corral ajeno. Marisa decidió que debía comprarse un nuevo traje de baño. Los de una sola pieza volvían a estar de moda, uno verde neón.

En el sobre venía también un mapa con la ruta para llegar hasta el lugar. En realidad, quedaba más allá de Lomas del Pinar, unos tres kilómetros subiendo hacia las primeras estribaciones de la sierra. Una estrella roja señalaba el portón de entrada. La propiedad se llamaba La Macorina.

La Macorina, claro. El complejo había sido construido por uno de los dos hermanos aquellos que huyeron del país tras descubrirse que habían estafado a tres bancos, al entregar en depósito de garantía miles de sacos que en lugar de café de exportación contenían cascarilla de arroz. Absueltos ahora de todo cargo por el Tribunal Supremo, y levantado el embargo judicial sobre sus bienes, habían vendido o rentado La Macorina a aquellos dichosos guatemaltecos.

—No son guatemaltecos, mamá, son de México —dijo Raymond mientras acercaba la boca al plato de espaguetis—. Kenneth habla como el Ñoño de *El Chavo del Ocho*.

—Te he dicho mil veces que no hagas eso tan feo, debes enrollar los espaguetis con el tenedor, así —lo reprendió Marisa.

—Seguramente la han rentado —intervino Matías—. Esas transnacionales gigantes te cambian de lugar de la noche a la mañana. Imagínate qué puesto elevado tendrá ese hombre, la mensualidad debe costar lo que vale esta casa.

A Marisa le disgustó el comentario porque advertía falta de pudor en las palabras del marido.

—¿Qué quiere Kenneth de regalo? —dijo Marisa—. ¿Le has preguntado?

—Nada, mamá, no quiere nada, más bien él me dio a mí un regalo —respondió Raymond.

Fue a buscar la mochila y de uno de los depósitos exteriores cerrados con zipper sacó un billete doblado en cuatro y lo puso sobre la mesa, al lado de su plato. Matías tomó el billete con extrañeza.

—Cien dólares —dijo—. ¿Cómo es que un niño te regala así porque sí cien dólares?

—También le dio un billete igual a Wendy —dijo Raymond, que ya sin hambre se divertía ensartando los espaguetis con el tenedor.

—Eso no está bien —dijo Marisa—, ¿de dónde habrá sacado ese niño billetes de cien dólares para repartir?

—Tiene muchos en su bolsillo —respondió Raymond—. Mamá, ¿me puedes poner un poco más de queso parmesano?

—Si ya no tienes hambre, no desperdicies el queso —dijo Matías.

A Marisa le temblaba la mano, y espolvoreó el queso del tarro fuera del plato de Raymond.

—Y tú fijándote en el queso parmesano —dijo.

—Raymond —dijo Matías, y tomó por el brazo al niño—, lo siento mucho, pero nosotros, tu mamá y yo, no podemos quedarnos callados con esto que ha pasado.

—Tenemos que dar cuenta al colegio, para que ellos informen a los padres de tu amiguito —dijo Marisa.

—Sus papás no saben que tomó ese dinero a escondidas de algún lugar donde estaba guardado —dijo Matías—. Ese billete debemos devolverlo. ¿Entiendes eso?

—¡Kenneth me lo dio a mí! —protestó Raymond, y los ojos se le llenaron de lágrimas.

—Es un dinero que no le pertenecía, y tú no te lo puedes quedar —dijo Marisa.

—¡Es de Kenneth! —dijo Raymond, desafiante—. Cuando quiere dólares se los pide al otro señor que se queda esperándolo en el parqueo junto al chofer. Tiene orden del papá de darle todo el dinero que necesite.

—Eso no puede ser —dijo Matías—; es un niño fantasioso que te cuenta esas historias para justificarse.

—Pero si fuimos donde ese señor, y Kenneth le dijo: «Dame dos billetes de cien dólares», y el señor obedeció —dijo Raymond.

Matías y Marisa se miraron.

—Aun así no me parece, y lo veo muy extraño —dijo Matías.

—Ay, papá, si es que don Macario es narco —dijo Raymond.

—¿Narco? —saltó Marisa—. ¿De dónde sacaste esa palabra? ¿Y quién es el señor Macario? ¿El que entrega los billetes a Kenneth?

—No, mamá, el señor Macario es el papá de Kenneth —dijo Raymond—. El que carga el dinero se llama don Jacinto, y el que maneja la camioneta blindada se llama don Romualdo, todos son mexicanos, pero vinieron de Guatemala. Y fue Kenneth el que nos dijo: «Mi papá es narco, y hace muchas obras de caridad».

—¿Obras de caridad? —dijo Marisa.

—En Guatemala regaló una cancha deportiva iluminada en un barrio de pobres. También mandó a hacer nueva la torre de la iglesia del barrio de don Romualdo.

—Eso es muy de los narcos, Matías, lo he leído en el diario —dijo Marisa, ya fuera de sí—, y también tienen zoológicos. Por eso los pingüinos.

—Cuando se vinieron de Guatemala, la jirafa la donó el señor Macario al Zoológico, y solo se trajo los pingüinos —dijo Raymond—. La cebra se les había muerto a los veterinarios en el parto, y el señor Macario se puso tan furioso que mandó a darles cruz y calavera.

—¿Cruz y calavera? —dijo Marisa.

—Bueno, mamá, es una forma de hablar —siguió Raymond—. Les dieron un tiro en la nuca, y listo.

—¡Padre santo, qué horror! —Se persignó Marisa.

—Es igual que en las películas, mamá —dijo Raymond.

—Y tú que te quedas callado —dijo Marisa mirando desconcertada a Matías—. ¡Di algo, por favor!

—¿No estarás equivocado? —preguntó Matías—. ¿Tu amiguito no habrá dicho más bien antinarco? Quizás su papá es de la DEA.

—¿Alguien de la DEA va a vivir en La Macorina? ¿Alguien de la DEA va a ser dueño de jirafas, cebras y pingüinos? ¿Alguien de la DEA va a dejar que su hijo reparta billetes de cien dólares como volantes? —dijo Marisa exaltada—. ¿Por qué siempre eres tan ingenuo?

—Solo preguntaba, Marisa, ahora no la tomes contra mí, estás muy nerviosa —dijo Matías.

—Claro que estoy nerviosa —respondió ella—. Y en ese colegio carísimo que pagamos, ¿cómo es que aceptan hijos de narcos? Esto tenemos que hablarlo mañana mismo con el headmaster.

—Don't panic —dijo Matías.

—¿Qué quieres? ¿Que me ponga a cantar *Vivir mi vida tralalalá*? —respondió Marisa.

—Se te olvida que mañana es sábado —dijo Matías—, no hay clases y las oficinas del colegio están cerradas.

—Pues hay que buscar al director del colegio en su casa —decidió Marisa.

—Baja la voz, que te va a oír la empleada —la sosegó Matías.

—Le duele la cabeza y la mandé a acostarse, quedamos en que yo iba a recoger los platos —dijo Marisa.

Las lágrimas corrían por su cara, y se las secó con el dorso de la mano.

—Raymond, ¿por qué no vas a ver televisión? —le pidió Matías.

—Quiero mi dinero —dijo el niño.

—¡Entonces no hay televisión y te vas a la cama en este instante! —le ordenó Matías.

El niño subió las escaleras llorando a gritos.

—Narcos, lo que nos faltaba —dijo Matías.

—Lo primero es llamar a Jorge y a Clara Eugenia y ponerlos al tanto, si todavía no lo están —dijo Marisa.

Se levantó en busca del celular.

—Mejor esperemos —la detuvo Matías.

—¿Esperar a qué? —preguntó Marisa—. Lo que sigue es que usarán a tu hijo en el negocio de la droga. Lo van a convertir en pusher. ¿No has leído esas historias de los pushers infantiles que reclutan en los colegios?

Matías la miró con cierto reproche irónico. Pushers infantiles. Otro término del repertorio prohibido de su mujer.

—Ven a sentarte y hablemos esto con calma —le pidió Matías.

—Necesito un whisky —repuso ella.

El bar era una pequeña carreta típica, pintada de vivos colores, comprada por Matías en una tienda de artesanías en Costa Rica. Se la habían empacado en piezas y él mismo se encargó de armarla.

—Que sean dos —dijo él.

Marisa trajo hielo del refrigerador y acercó la botella y dos vasos cortos. Habían copiado del padre Graciano el gusto por el Chivas, y la costumbre de beberlo on the rocks.

—¿Qué pasa si Jorge y Clara Eugenia ya saben que Wendy ha recibido de regalo un billete de cien dólares? —preguntó Matías.

—Mejor, así vamos al grano con ellos —respondió Marisa.

—Quiero decir, si ya lo saben y no nos han llamado —dijo Matías.

—Sería muy extraño —respondió Marisa.

—¿Y qué si han decidido no meterse en líos? —preguntó Matías.

—¿Por qué? —preguntó Marisa—. ¿Por miedo?

—¿Tú no tienes miedo? —dijo Matías.

Marisa vació el vaso de un solo trago. Ninguno de los dos lo dijo, pero compartían la sensación de que, afuera, desde las sombras, en la perfecta quietud donde solo se escuchaban las voces de una novela en un televisor, alguien se movía acechándolos, y por eso no se atrevían a mirar por las ventanas.

—¿Y si consultamos al padre Graciano? —dijo Marisa.

—El padre Graciano no permite consultas en privado —dijo Matías—. Todo hay que exponerlo en asamblea, con esa idea suya de la democracia pastoral. Escucha mi propuesta, que es muy simple.

Era muy simple. El lunes Raymond no volvía más al Saint Thomas. Pedirían un traslado al Mount Saint Vincent, por ejemplo, era más caro, pero no importaba. Hasta que no estuviera solucionado el traslado, no hablarían con nadie del tema, ni con Jorge ni con Clara Eugenia. Sin duda ya habían descubierto el billete de cien dólares en manos de Wendy y tendrían sus propios planes. Allá ellos.

—¿Y la fiesta de cumpleaños? —preguntó Marisa.

Por supuesto que no irían, ni tampoco iría Raymond. Y ni siquiera habría por qué dar excusas. Si Raymond no regresaba al colegio, jamás volvería a ver a ese niño. El billete de cien dólares lo meterían de manera desapercibida en una de las alcancías de la Iglesia del Redentor del Mundo la siguiente vez que tocara reunión del grupo catecumenal.

Bebieron otro whisky. La sombría asechanza de afuera comenzaba a disiparse, ya podían atreverse a mirar hacia las ventanas. Sonó el silbato de un vigilante, y otro le respondió. Mañana hablarían con Raymond en el desayuno, le propondrían una excursión al AquaFunny, que estaba a unos ochenta kilómetros sobre la carretera troncal a la costa. Al niño le fascinaban el tobogán gigante y el río turbulento, y podrían quedarse a dormir en alguno de los hoteles campestres de los alrededores.

Y también en el desayuno le explicarían lo del cambio de colegio, para tu bien, tesoro, el Mount Saint Vincent es de lejos mejor, conocerás nuevos niños, los hijos de los diplomáticos de la embajada americana están matriculados allí, organizan excursiones a Orlando durante las vacaciones, y el entrenador de futbol que tienen es súper, lo han traído de Argentina.

Apagaron las luces de la sala y subieron tranquilos hablando de otros temas, y ya en las escaleras empezaron los escarceos que culminaron en la cama de manera ardorosa, más allá de la rutina. La empleada, que escuchaba desde su cubil sus risas y sus juegos, prefirió arrebujarse la cabeza con la cobija, no respetan ni la inocencia de su criatura. Luego volvió el silencio.

Al día siguiente se presentaron las dificultades que eran de esperar. Raymond escuchó los cambios de planes, la excursión al AquaFunny a cambio de la fiesta de Kenneth, la decisión acerca del traslado de colegio. Terminó de comerse el cereal, se bebió el vaso de Nescao y subió a su cuarto. Escucharon que se cerraba la puerta con estrépito, y Marisa fue a tocarle, cariño, tenemos que salir antes de las nueve para que no nos coja el rush, mete lo que necesites en tu maletín y baja.

El rush de los sábados por la mañana era temible. La cola de vehículos que pugnaba por entrar a la carretera troncal a paso de tortuga llegaba hasta las inmediaciones del Parque de Ferias, bumper contra bumper, furgones camino al puerto, todoterrenos con hieleras, sillas y mesas playeras plegables en la parrilla del techo, tráileres con embarcaciones de recreo, casas rodantes, microbuses familiares, y multitud de sedanes poco conspicuos como el de ellos, el sol ardiendo en las carrocerías.

Tardó más de la cuenta, pero claro que bajó, arrastrando el maletín. Un niño obediente, al fin y al cabo, se integra sin dificultad al trabajo de equipo, es cordial con sus compañeros y se distingue sobre todo por su sentido de la disciplina como factor decisivo del carácter.

Ya todos en el Corolla, Raymond en el asiento de atrás con el cinturón de seguridad debidamente ajustado, Matías al volante y Marisa a su lado, salió la empleada doméstica en jeans y sandalias doradas, porque había recibido el fin de semana libre y ya se iba, a avisar que llamaban por teléfono al señor, no estoy, carajo, dígale a quien sea que me he ido.

—¿Y si es tu jefe? —dijo Marisa.

—Mi jefe me llama al celular —dijo Matías—. Debe ser algún cabrón de la oficina con los reportes de ventas atrasados que quiere algún dato.

—Mejor ve, recuerda tu máxima —dijo Marisa, y desde la ventanilla hizo señas a la empleada para que dijera que el señor ya iba.

A los subalternos hay que tratarlos cortésmente, son piezas de una máquina que no funciona si alguna falta, era la máxima que el propio Matías vivía repitiendo de manera sentenciosa en sus conversaciones con Jorge, en las que siempre se deslizaban del futbol a los temas del trabajo.

Matías tardaba en volver. Marisa contuvo un bostezo y tornó a mirar a Raymond, que tenía puestos los audífonos, absorto en la película de anime que había puesto en la tableta. Le sonrió, y él alzó la vista y le devolvió la sonrisa. Ella presionó el botón de la radio. En la emisora sonaba *Vivir mi vida*. A veces llega la lluvia para limpiar las heridas, a veces solo una gota puede vencer la sequía. Siguió la letra en un murmullo.

Matías apareció por fin.

—Bájate —le dijo a Marisa, abriéndole él mismo la puerta.

La llevó hasta la palmera de abanico. Se palpó el bolsillo de la camisa buscando un paquete de cigarrillos inexistente, porque había dejado de fumar cinco años atrás.

—Era el señor Macario —le dijo.

—¿Quién? —preguntó Marisa.

—¿Quién otro? El papá de Kenneth, el amiguito de tu hijo —respondió Matías, y señaló hacia el Corolla, donde Raymond seguía concentrado en su película.

—No puede ser —dijo Marisa.

—Lo sabe todo, sabe que estamos saliendo de la ciudad, sabe que vamos a cambiar a Raymond de colegio —respondió Matías.

—¿Y cómo lo sabe? —preguntó Marisa.

—¿Que cómo? —dijo Matías, y volvió a señalar hacia el Corolla—. Tu hijo llamó a su amiguito cuando subió a encerrarse, y le dijo que no iba a la fiesta y que lo cambiaban de colegio porque sus papás no querían nada con narcos.

—¿Pero qué fue exactamente lo que te dijo ese hombre? —preguntó Marisa.

—Eso, me repitió las palabras de tu hijo —respondió Matías—. Y que no le gustaban para nada los desprecios, que en su vida prefería tener amigos y no enemigos.

—¿Eso fue todo? —preguntó Marisa.

—Porque los amigos le duraban, y los enemigos no —añadió Matías.

—¿Y luego? —preguntó Marisa.

—Luego colgó —respondió Matías.

Hay poco ya que contar.

El plano que venía con la invitación era suficientemente explícito como para llegar sin tropiezos hasta La Macorina, de modo que no tuvieron que echar mano del Waze. Dejaron el Corolla en el estacionamiento exterior, y antes de atravesar el portón de acceso fueron cacheados por los guardianes. Una mujer, recia de contextura, se encargó de cachear a Marisa.

Raymond cargaba el regalo como si se tratara de una ofrenda. Eran unos binoculares Bushnell Powerview, que fueron sometidos al detector manual de metales. Otro de los guardianes, calzado con guantes de cirujano, esculcó los maletines donde llevaban los trajes de baño. El de Marisa, verde neón y de una sola pieza, tenía aún las etiquetas.

46

Pasado el trámite de ingreso, divisaron de lejos a Jorge y a Clara Eugenia que caminaban rumbo a la mansión. Clara Eugenia conducía a Wendy de la mano. Una orquesta de salsa tocaba *Vivir mi vida* en un estrado al aire libre y el cantante imitaba a Marc Anthony.

—Mamá, me muero por conocer los pingüinos —dijo alegremente Raymond.

2015-2016

Yo no sé mañana

A Luis Enrique

—Me perdona, pero a estas horas todavía no he almorzado —dijo el urólogo, y le sonrió de manera beatífica alzando las cejas rojizas, casi borradas en su ancha cara de vikingo tropical.

Buscaba resolver la grave dificultad de llevarse a la boca un sándwich de baguete al estilo cubano, la mostaza y la salsa de tomate ya metidas entre uña y carne en sus dedos regordetes, y las hojas de lechuga, las rodajas de tomate y la lonja de lechón pugnando por salirse de su precario acomodo. Una lata de Coca-Cola Zero, decorada con motivos del Mundial de Brasil, completaba su almuerzo.

—¿Entonces el citrato de sildenafilo no ha dado ningún resultado? —preguntó, y tras observar con mirada atenta el sándwich le dio un mordisco cuidadoso.

El paciente negó con la cabeza. Se hallaba en la consulta externa de uno de los tantos hospitales privados que prestaban servicios bajo contrato al Instituto de Seguridad Social, los exiguos cubículos separados por divisiones de plycem. Hacía un calor infernal.

Desde la sala de espera llegaban los pregones de los vendedores ambulantes que ofrecían bolsas plásticas con agua helada y gaseosas, cocos provistos de pajillas, paquetes de nachos y meneítos, billetes de lotería y tarjetas de recarga de celulares. Los pacientes se apretujaban en las filas de sillas plásticas rojo encendido, atornilladas a un soporte metálico común.

Como la sala de espera también servía de acceso a emergencias, por allí circulaban en desorden sillas de ruedas y camillas llevando heridos en accidentes de tráfico, quemados en explosiones de fábricas pirotécnicas o por estallidos de gas butano en las cocinas, infartados y parturientas; e iban y venían enfermeras, y visitantes cargando termos y contenedores de poroplast con alimentos, porque asimismo era el paso hacia las salas de pacientes encamados.

—Como le expliqué la otra vez, la causa de semejantes trastornos viene a ser incierta —dijo el doctor y dio otro mordisco, ahora con más confianza.

Podía deberse al estrés, podía tener que ver con la herencia genética, influía la educación que uno recibe desde niño, el temor al sexo que nos inculcan, y, en fin, la potencia viril tendía a disminuir o a entorpecerse con el avance de la edad, por el uso continuado de ciertos medicamentos o a causa de una variedad de anomalías fisiológicas que holgaba enumerar.

Era decepcionante escucharle hablar en esos términos porque él había puesto tantas esperanzas en el famoso diamante azul, como la propaganda llamaba a la pastilla de sildenafilo. Había leído que en un pueblo de Irlanda, donde se encuentra una de las plantas en que se fabrica, bastan las emanaciones del humo que sale de las chimeneas para que los hombres de cualquier edad, y hasta los perros callejeros, se mantengan en permanente estado de erección.

A esas alturas, tras las largas y detalladas explicaciones, el médico había dado ya cuenta del sándwich cubano y se miraba con preocupación los dedos embadurnados, sin servilleta a mano con que limpiárselos.

Abrió el expediente, y sobre la tapa quedó una huella amarilla de mostaza y otra roja de salsa de tomate.

—En su caso contamos con elementos de juicio concretos que nos libran de especulaciones —dijo—. Según me ha explicado, la imagen de su difunta esposa se interpone de manera infranqueable entre usted y su pareja cada vez que quieren tener un momento íntimo. Por eso es por lo que ha fracasado el sildenafilo, y seguirá fracasando.

Apoyó los codos sobre el vidrio que cubría el escritorio y entrelazó los dedos como lo haría alguien que se dispone a orar.

—Pero su asunto tiene arreglo, por supuesto. —Volvió a sonreír alzando otra vez las cejas, que ahora parecían borradas por completo—. Para eso estamos aquí.

Tal si practicara un acto de prestidigitación, sacó de una de las gavetas del escritorio un pene de vinilo que podía abrirse en dos mitades, como un estuche, cortesía de la Pfizer, y le fue mostrando la manera en que estaba compuesto: gorro del glande, corona y frenillo del prepucio, fuste esponjoso atravesado por el canal de la uretra, cuerpos cavernosos pares surcados por las arterias helicinas y recubiertos por la túnica albugínea, más la red de nervios pudendos; y, abajo, el escroto, que encierra como un delicado capullo los testículos.

Auxiliándose del artefacto, que manipulaba con toda habilidad, le explicó que la solución definitiva era el implante de una prótesis, la cual le permitiría erecciones a voluntad, eyaculación sin trastornos, y aun la capacidad de engendrar. La misma constaba de tres piezas: un sistema de cilindros inflables que se instalaban dentro de los cuerpos cavernosos; un depósito reciclable de suero salino estéril insertado en la base del fuste; y una bomba de operación manual acomodada dentro del escroto para inyectar el líquido en los cuerpos cavernosos.

Se trataba de presionar la bomba repetidamente con los dedos índice y pulgar cada vez que se deseara tener relaciones sexuales, y una vez concluido el acto hacer que el líquido regresara al depósito doblando el pene hacia abajo por unos diez segundos, para que recuperara así su estado normal de flaccidez.

El paciente, que rondaba los sesenta años, era corredor de seguros a punto de jubilarse; había enviudado a los cincuenta y tenía dos hijas mujeres ya casadas. Vamos a llamarlo Richard para no comprometer su identidad real. Y llamaremos Belinda a quien era su amante desde hacía cinco años, esforzada propietaria de un salón de belleza, bastante más joven, quien se hallaba a punto de dejarlo debido, precisamente, a la dificultad que lo aquejaba.

Vivían aparte, a pesar de lo prolongado de la relación, ella en un pequeño apartamento en la parte trasera del local que rentaba para su salón de belleza, en uno de los barrios elegantes en alza. Él había alquilado la casa familiar al morir la esposa, y se amparaba bajo el techo de la mayor de sus hijas, divorciada, quien le había arreglado un par de piezas al fondo del patio, dormitorio y sala de estar, donde gozaba de la condición de reo de confianza. De aquel naufragio de su vida solo se había salvado el lecho matrimonial, mientras todo lo demás la hija lo había entregado al asilo de ancianos de las hermanas de San Vicente de Paúl.

Sus encuentros con Belinda seguían teniendo lugar en el motel Éxtasis, convertido en una especie de hogar sustituto, porque tampoco ella admitía que Richard la visitara en su apartamento, muy celosa de su fama de mujer honesta que madura en soledad; cuidados inútiles, pues sus selectas clientas de cosmética general, lavado, secado, corte y peinado de cabello, manicura y pedicura sabían al detalle de aquella relación, como también estaban enteradas las hijas de Richard, quienes, por supuesto, la reprobaban enérgicamente.

La esposa difunta, interpuesta ahora de manera pertinaz entre ambos, digamos que había tenido por nombre Ethel. Desde hacía meses se instalaba en la cama del motel, en medio de los dos, vestida con su camisón de dormir estampado de azucenas celestes, la cara adusta embadurnada de crema Pond's, y sus sempiternos rulos en la cabeza. Belinda la había atendido en sus tiempos de manicurista a domicilio, y solía recibir de ella buenas propinas, satisfecha de su pulcritud y de la forma paciente en que trabajaba sus manos con parafina caliente y sábila fresca. Fue gracias a esas visitas profesionales que Richard la conoció.

—¿Es una operación peligrosa, doctor? —preguntó Richard, a medio camino entre el susto y la intriga.

El urólogo cerró el pene de vinilo y lo devolvió a la gaveta.

—Algunas incisiones sencillas, nada más.

Las incisiones con el escalpelo eran necesarias para permitir la instalación de las diversas piezas de la prótesis, bomba manual, depósito de líquido salino. Luego practicaría las correspondientes suturas, rápidas y sencillas también. Y el mismo día se iba para su casa.

Lo siguiente que quiso saber fue si la seguridad social cubría la prótesis.

El urólogo se rio, y de nuevo sus cejas se borraron en su cara rubicunda.

—¿Cómo se le ocurre? ¿No se acuerda acaso que el sildenafilo lo ha tenido que comprar usted? Si a alguien le duele el escroto, lo único que puedo recetar por cuenta del seguro es acetaminofén. Igual si le duele el hígado.

Debía preguntar entonces por el costo, y lo hizo con suma timidez.

—Seis mil dólares —respondió el urólogo, y lo miró con un brillo de entusiasmo en los ojos—. Voy a instalarle lo mejor de lo mejor, una Ambicor Plus. Hay que importarla de Miami. Otra cosa no vale la pena.

Bajó la cabeza, agobiado por el peso de aquella suma tan crecida.

—¿Y la cirugía? ¿Eso es aparte?

—Tampoco la cubre el seguro. —El urólogo volvió a mirarlo con entusiasmo—. Está catalogada como cirugía estética, fuera de lista.

Iba a preguntarle cuál sería el monto de sus honorarios, pero el urólogo se le adelantó, alzando la mano en señal de alto.

—Si me paga en efectivo, quedemos en mil quinientos dólares, y yo me entiendo con el anestesiólogo. Faltará agregar los gastos de quirófano.

—Sumando todo, tendría que hipotecar mi casa —dijo Richard con un hilo de voz.

—El sacrificio vale la pena —respondió el urólogo, muy paternal—. Piense no solo en la satisfacción que usted va a recibir, sino en la que será capaz de dar. La felicidad verdadera es eso, dar y recibir.

Hipotecar la casa tenía sus bemoles; el primero de ellos, sortear que sus hijas se enteraran. Ellas ignoraban el asunto de la impotencia, y debía mantenerlas a la sombra respecto a la cirugía. Ya las veía espantadas, acusándolo de libidinoso. Lo más rápido era un préstamo de la compañía de seguros, a cuenta de su propia póliza de vida.

—Está bien, vamos a hacerlo —dijo, y aquello de hablar en plural lo hizo sentirse reconfortado.

—Perfecto —dijo el urólogo—. Quítese los pantalones y los calzoncillos, y acuéstese en la camilla.

La prótesis venía en diferentes tamaños: small, medium, large y king size, de acuerdo con las dimensiones del miembro respectivo, y debía realizar la correspondiente medición.

Obedeció, no sin pudor. Esperó sentado en la estrecha camilla, las piernas flacas colgando descoloridas, los huesos de la rótula protuberantes, los pies deformados por los juanetes.

El urólogo, las manos rollizas calzadas con guantes de látex, se acercó trayendo un aparato metálico dotado de una pieza ajustable con un tornillo, parecido a los que usan en las tiendas de zapatos para medir el pie de los clientes. Richard se acostó, y sus pies desbordaban la camilla.

—King size, caramba —dijo secamente el médico tras efectuar la medida.

Dar y recibir. En eso pensó Richard durante el obligado período de abstinencia de dos semanas que siguió a la operación, realizada de manera rápida y eficiente, tal como le había sido prometido, y sin secuela de dolores que no pudieran ser controlados con analgésicos corrientes.

La promesa de felicidad compartida estaba ligada al término de aquel plazo. Pero toda espera trae desazones e incertidumbres, y no había otro recurso que la paciencia.

Cuando abandonó el hospital el urólogo había puesto en sus manos una hoja fotocopiada donde se explicaban algunos aspectos fisiológicos frente a los cuales el paciente no debía alarmarse:

Tómese en cuenta que en la erección natural el fluir de la sangre que llena los cuerpos cavernosos hace alcanzar al pene una temperatura promedio de treinta y ocho grados. En la de carácter artificial, dado que se trata de un proceso mecánico de carácter hidráulico, donde la solución salina estéril sustituye a la sangre, el pene permanece frío.

Tómese en cuenta también el denominado «efecto Concorde». En la erección natural, tanto el cuerpo del pene como el glande, o cabeza del pene, aumentan de tamaño debido al acopio de flujo sanguíneo. En la erección artificial, dado que la solución salina solo llena los compartimentos cavernosos, el glande no aumenta de tamaño, de tal manera que el pene se asemeja al desaparecido avión supersónico Concorde, que tenía la nariz levemente hacia abajo. Es un asunto nada más estético, pues desde el punto de vista funcional el desempeño sexual no se ve afectado.

A medida que el final del plazo de dos semanas de abstinencia se acercaba, también se acercaba el momento de derrotar al fantasma de Ethel. Por mucho que ella se colocara en medio de la cama ya no sería capaz de frustrar su desempeño, pues ahora todo dependía del simple artilugio de una bomba hidráulica instalada en su escroto.

El urólogo le había dicho que, si no se lo contaba a su pareja, ella nunca notaría que utilizaba un implante; bastaba inflar y desinflar con discreción dentro del cuarto de baño. Pero desde el primer momento resolvió que no podía dejar de compartirlo con Belinda. Y ella lo acompañó hasta las puertas del quirófano, lo llevó al volante de su Corolla de vuelta a su casa tras la operación, dejándolo a prudente distancia, y luego vigiló solícitamente lo que podía llamarse su período de convalecencia.

—Es como cuidar a un niño hasta que pueda dar los primeros pasos por sí mismo —le comentó ella en la primera entrevista que tuvieron en el motel después de la cirugía.

Porque para conversar a gusto, y examinar las perspectivas de futuro, iban de todas maneras al Éxtasis. La más importante de esas perspectivas de futuro era legalizar su relación, y ya que todo obstáculo quedaría salvado, Richard le prometió matrimonio. Qué dirían sus dos hijas era algo que no dejaba de sobresaltarlo. Casarse con la manicurista de mamá, una don nadie, vaya afrenta sin nombre. Pero la felicidad entre dos no se construye permitiendo la intrusión de terceros, reflexionaba Richard para darse ánimos.

Un sábado, dos días antes de vencer el plazo, Richard propuso distraerse de la tensión de la espera yendo a bailar salsa al Tana Catana, una discoteca de gente madura a la cual los jóvenes, insolentes por naturaleza, llamaban «La Geriateca».

Belinda fue de la opinión que primero debían consultar por teléfono al médico, no fueran a soltarse las suturas. Risueño como siempre, respondió que podían ir a bailar cuanto quisieran; de acuerdo con la última revisión practicada, las incisiones estaban sanas, no había puntadas que quitar porque el hilo utilizado era absorbible, las piezas de la prótesis se hallaban acomodadas sin ningún problema en sus lugares correspondientes, y solo la prudencia aconsejaba respetar el plazo para activar el mecanismo.

Richard seguía siendo un as en el baile y puede decirse que llevaba la música por dentro. Aun sentado empezaba a moverse cuando sonaba la orquesta. Y, ya en la pista, sus pies se sincronizaban rápidamente con los instrumentos de percusión, el ritmo se transmitía de inmediato mediante una especie de corriente eléctrica a su cintura y sus hombros, las manos revoloteando en alto, y entonces todo su cuerpo se meneaba con envidiable gracia, tanta que no pocas veces despertaba aplausos entre los demás bailarines, que terminaban haciéndole rueda.

Belinda, por el contrario, bailaba de manera parca y medida, como si sus pasos fueran marcados, más que por la música, por el uno-dos-tres de un instructor invisible, y, peor, su rostro azorado permanecía serio, sin apartar la vista del frente, como si se tratara de sacar una tarea, intentando no despegarse de Richard, a quien el salón de baile se le hacía pequeño.

El Yaris color aceituna, que tenía ya sus años de combate llevando a Richard por la ciudad en procura de corretajes de seguros, recibió un auténtico tratamiento de belleza temprano en la tarde en el Auto Lavado Speed. Pasó puntual recogiendo a Belinda, y a las diez de la noche estaban en las puertas de la discoteca.

El DJ saludó a Richard desde su cabina al divisarlos, levantando el pulgar, y en su homenaje, porque sabía que le encantaba, puso *Yo no sé mañana* de Luis Enrique el salsero; entonces, ya bailando, Richard arrastró a Belinda a la pista bajo los deslumbres de los focos estroboscópicos, mientras ella, alzada sobre los tacones de estilete, la minifalda de lamé ajustada, procuraba no tropezar, de un café pasamos al sofá, de un botón a todo lo demás, y él, ya desbordado de entusiasmo, buscaba apoderarse del salón entero yendo y viniendo de aquí para allá, de allá para acá, de ida y de vuelta, de frente y hacia atrás y hacia los costados, los brazos al aire pidiendo cancha, no importaba la apretada multitud de bailarines.

Belinda trataba de no despegarse de la figura de Richard, que se repetía frente a ella bajo los focos en una sucesión de instantáneas, pero de pronto él desapareció, perdido en el torbellino, y tardó en descubrirlo bailando frente a una desconocida de alta estatura, cabellera suelta y anchas caderas, metida en una especie de piel de escamas doradas con el escote abierto hasta el ombligo que mostraba las medias lunas tensas de sus pechos. Richard hizo un pase lateral y la desconocida se le apareó con simpatía, no pusimos reglas ni reloj, aquí estamos solos tú y yo, la mujer se giró de espaldas y cuando él se le acercó por detrás para emparejar el vaivén de su cintura tomándola ligeramente de las caderas, sintió ella que algo, surgido de la nada, empujaba con dureza entre la juntura de sus nalgas exuberantes.

No supo Richard en qué momento sintió en la cara el ardor de una cachetada vigorosa, y entre los destellos blancos vio a retazos a la mujer aún con la mano alzada que lo desafiaba, iracunda, mientras un calvo de tirantes floridos, que aparentemente era su pareja, lo increpaba sacudiéndolo con energía por el cuello de la camisa.

Las luces normales de la sala se encendieron violentas, el DJ paró la música, y en la claridad sin intermitencias se mostraba el aparejo, rígido como si lo hubieran fabricado de fierro. ¿Había sido despertado de su letargo por algún pensamiento lascivo provocado por la vista de los senos turgentes, o bajo el estímulo de la cercanía de las nalgas rotundas de la mujer que de manera tan injusta lo abofeteara? No podía ser ese el caso. La hoja explicativa lo consignaba claramente: «Una vez instalada la prótesis inflable, las erecciones conseguidas son de carácter mecánico y no producto del deseo sexual». ¿Pero quién la había inflado? Nadie.

Le hicieron rueda como cuando atraía todas las miradas por sus dotes de danzarín. El calvo de los tirantes, colérico, se llevó a la del escote atrevido y nalgas generosas, mientras él seguía allí, paralizado, mirando como un idiota hacia aquel estorbo que permanecía incólume, en ridículo desafío, y que él no hallaba cómo cubrir. Algunas mujeres volteaban la cara con indignación, otras se escabullían con pena, y otras, sin apartar los ojos, sofocaban la risa. En medio de su aturdimiento buscó a Belinda y la divisó cuando trasponía la puerta. Armándose de valor, se abrió paso entre los espectadores y le dio alcance en el estacionamiento. Entonces aquel engendro indómito perdió todo su vigor, y así como se había erguido, se desinfló.

Regresaron en silencio. Belinda era quien conducía ahora el Yaris, aplicando con decisión las suelas de sus zapatos de estilete a los pedales. Las lámparas del alumbrado público centelleaban esporádicas entre el follaje de los eucaliptos de las veredas. Una que otra ventana brillaba mortecina en los bloques de apartamentos. Los pocos vehículos en circulación aguardaban con impaciencia al cambio de luces en los semáforos. Una Cherokee llena de adolescentes los adelantó, rauda, y se alejó con su ventarrón estridente de música electrónica. Alguien dio una patada a un tarro de basura que rodó derramando su contenido.

¿Aquel aparato actuaría en adelante de propia voluntad? ¿Despertaría cuando le diera la gana y volvería a su letargo también cuando le diera la gana? ¿De dónde sacaba su poder, ajeno a la manipulación de la bomba oculta en el escroto? ¿Los cilindros iban a llenarse con la solución salina por su cuenta, en cualquier circunstancia y lugar? Si era así, estaba condenado a no salir nunca más de su casa, y la ruina se cernía sobre su cabeza. Necesitaba andar en la calle, a la vista pública, visitando hogares, oficinas, fábricas, para vender pólizas y ganar su sustento.

—Hay que llamar al médico mañana —fue todo lo que dijo Belinda cuando se bajó frente al salón de belleza y él ocupó el asiento del conductor.

Su indiferencia lo llenó de preocupación. La conocía bien, su parquedad significaba que se sentía molesta. ¿Molesta contra él? Él no tenía ninguna culpa. ¿Molesta por la vergüenza sufrida? Más la había sufrido él. Quiso bajarse del vehículo para conversarlo de una vez, pero ella ya había entrado, ya estaba del otro lado de la pared de cristal, ya había encendido las luces que daban al salón de belleza el aspecto de una pecera mortecina, y sin más remedio la vio alejarse entre los sillones alineados bajo los cascos espaciales de las secadoras de pelo, antes de que todo se sumiera otra vez en la oscuridad.

Muy temprano del día siguiente marcó el celular del urólogo, precavido de no ser escuchado por la hija, que vivía siempre pendiente de sus llamadas; pero, como era domingo, no lo consiguió sino al atardecer; el médico venía regresando con su familia de su quinta de recreo en la sierra y había mantenido apagado el teléfono, o no había querido responder. Al escuchar el relato se mostró despreocupado. La prótesis era de altísima calidad. Debía tratarse de un accidente transitorio, nada de que alarmarse.

—¿Cómo me puede decir que no me alarme? —protestó, y él mismo se extrañó de su tono fiero—. He hecho el ridículo en público, una dama me ha abofeteado.

—Le repito que es un implante de altísima precisión, lo mejor que se fabrica en el mundo. —La voz del urólogo sonaba risueña como siempre—. ¿Sabe qué le recomiendo? Olvídese del plazo y pruebe a estrenarlo de inmediato. Eso va a darle confianza. Accione de una vez la bomba que activa el sistema, y disfrute de la experiencia.

Entró en su dormitorio, cerró la puerta con llave y se sentó en la cama en actitud pensativa. Haría la prueba, pero solo. De esta manera se presentaría seguro y libre de preocupación al próximo encuentro con Belinda en el Éxtasis, y todo habría quedado atrás; un accidente, aunque la bofetada siguiera ardiéndole en la mejilla por un buen tiempo. ¿Qué importaba una pequeña mancha de aceite en un mar de felicidad?

Entró al baño, se bajó los pantalones y los calzoncillos, y presionó repetidamente con los dedos en el lugar indicado. Pero el caballero aquel, que tan inoportunamente se había insolentado en media pista de baile a su propio antojo, permanecía sumido en la más absoluta indiferencia. Probó varias veces, ya con desesperación, y nada.

Lleno de pánico corrió hasta el teléfono, tropezando con los pantalones sueltos. El urólogo, sacado del sueño, respondió con un gruñido.

—No funciona —rabió—. Esta mierda no funciona. O funciona solo cuando le da la gana.

El urólogo tenía espíritu didáctico. Volvió a explicarle con toda paciencia el papel de las distintas piezas de que constaba el mecanismo, acomodadas dentro del escroto y las cavidades del pene, como si tuviera el simulacro de plástico en la mano. ¿Había procedido a inflarlo de manera correcta? Era necesario bombear enérgicamente, sin ninguna timidez.

—Doctor, no soy un niño. —Se llenó él de rencorosa impaciencia.

—¿Ni siquiera un resultado parcial, es decir, una erección a medias? —bostezó el urólogo.

La respiración fragorosa de su paciente al otro lado de la línea, una especie de hervor volcánico, lo asustó:

—Venga a verme mañana al consultorio, pero a mitad de la tarde, digamos a las cuatro. Más temprano no puedo porque me tocan tres cirugías complicadas.

—Deme su opinión sincera, doctor. —Al borde ya del colapso, sus palabras se atropellaban—. Si no me dice algo concreto, no voy a pegar los ojos en toda la noche.

—Algo está fallando —reconoció el urólogo.

—Eso ya lo sé —se encrespó él, porque creyó que el otro se burlaba.

—No puedo adelantarle nada mientras no hagamos una revisión. —El urólogo sonaba ahora acobardado—. Lléguese mañana a la hora indicada, y mientras tanto busque relajarse.

¿Qué clase de revisión? ¿Iba el urólogo a tratar de inflar el dispositivo con sus propias manos? Cólera, desilusión, desánimo era lo que se mezclaba en su cabeza aturdida, y lo peor de todo, la lástima de sí mismo.

Durmió mal, tal como había previsto. Antes de las seis, cuando apenas amanecía, estaba en pie. Tenía una lista de clientes que visitar esa mañana y debía salir temprano a su ronda de entrevistas, la más importante con el gerente de una maquiladora taiwanesa de textiles, a quien estaba a punto de vender una póliza contra toda clase de actos de Dios: huracanes, tornados, incendios, inundaciones, terremotos y guerras civiles, y que cubriría naves industriales, maquinaria y bodegas de materias primas, insumos y productos terminados.

Abrió el minirrefrigerador y no había más que un tarro a medias de mermelada de fresa, de modo que, aún sin ducharse, y calzado con los Crocs que usaba para estar en casa, fue al mercadito de los coreanos de la esquina, que abría temprano, en busca de un cartón de leche, huevos, margarina para freírlos, café soluble y una barra de pan. Su hija no se ocupaba de sus alimentos. Almuerzo y cena los hacía en la calle, y para los desayunos disponía de una cocineta de dos quemadores y de un horno de microondas.

Se hallaba frente a la caja poniendo sobre la banda los artículos de la compra cuando notó la cara encendida de la coreanita, hija del propietario, que apartaba, nerviosa, la vista de él y se equivocaba al hacer la suma. Luego la oyó llamar en coreano al papá, que acomodaba cajas de detergente al fondo del local, y por su tono suplicante pudo darse cuenta, por fin, de lo que estaba ocurriendo. Miró de reojo hacia abajo, y allí estaba aquel lingote frío e insensible, apuntando hacia la pobre muchacha acongojada.

Dejó todo sobre la banda y huyó con las manos por delante, tratando de ocultar su desgracia de los ojos de los demás. ¿Había adquirido vida propia aquel energúmeno? ¿Viviría en adelante a merced de sus caprichos diabólicos? Nunca podría llegar a saber cuándo ni en qué momento decidiría, por sí y ante sí, desperezarse y alzarse en rebeldía, sin importarle delante de quién.

Perdió a los clientes de ese día. Ni siquiera trató de excusarse con el taiwanés. Sin haber probado bocado se levantó de la cama, donde había pasado todo el día mirando al techo, solo para dirigirse al consultorio cuando se acercaba la hora de la cita. Había apagado el móvil, y el timbre constante del teléfono convencional, instalado en la salita, le parecía llegar de otro mundo. Era Belinda, sin duda.

Cuando encendió el móvil, ya saliendo hacia la consulta, los whatsapps de Belinda eran innumerables, pero los dejó estar. Fue hasta la esquina donde la calle era más traficada en busca de un taxi, el cartapacio en la mano para usarlo de parapeto en caso de necesidad. Manejar hasta la consulta le pareció temerario, porque, sonámbulo como se sentía, no confiaba en sus reflejos.

Entró deprisa al vestíbulo embullado, y estuvo a punto de derribar a un anciano en camisón que se paseaba entre las filas de sillas sosteniendo el soporte metálico del que colgaba la botella de suero conectada a su brazo; todo porque llevaba la vista fija hacia abajo, atento a cualquier movimiento traicionero del enemigo.

Y de pronto allí estaba, otra vez, aquella diabla inoportuna que se alzaba despierta, amenazante. Escuchó un insulto, y otro, un silbido, y otro, una risotada, y otra, se olvidó del auxilio del cartapacio y lo que hizo fue correr hacia la puerta del consultorio y golpear con el puño, como un fugitivo en busca de asilo.

Cuando el urólogo abrió la puerta, las mismas cejas casi borradas en su ancha cara rubia que, como siempre, le ofrecía una sonrisa, la torva animala había vuelto a su estado de sosiego, y por eso entendió poco su estado de pánico; tampoco Richard se preocupó de explicarle lo que acababa de ocurrir. Todo salía sobrando.

No le practicó ningún examen físico. Recurrió al modelo de vinilo que guardaba en la gaveta, lo abrió en dos mitades, lo manipuló a conciencia, y concluyó que el problema con el implante tenía que deberse a un defecto de fábrica. Tratar de obtener un reembolso o una reposición sería un asunto largo y complejo, y mejor recomendaba sustituir la prótesis inflable por una rígida, que tenía un costo mucho más barato y no se prestaba a ninguna clase de accidentes imprevistos.

El implante rígido no precisaba de ningún sistema de bombeo. Se introducía en el fuste una pieza de material duro, una varilla de plata plegable a la mitad, revestida de silicona. Se extendía con un simple movimiento manual al momento de usarse, y al concluir se doblaba con otro simple movimiento manual, como un metro de carpintero, y así doblado era asunto de saber esconderlo bajo la ropa. Lo mismo para el acto de orinar.

Había perdido todo ánimo de enojarse. En otras circunstancias le habría apeado la sonrisa de una trompada, pero ahora aquello no le iba ni le venía. Además, todavía necesitaba de él. Necesitaba que lo librara de aquel aparato inflable perverso. Otra vez un par de incisiones, las suturas, unos cuantos analgésicos, y santas paces.

Una vez despojado de la prótesis, que fue a parar al crematorio donde se incineraban los desechos del hospital, trató de regresar de la mejor manera posible a su vida de todos los días. Belinda no volvió a buscarlo, ni él a ella. ¿Para qué? Eso era también parte de la normalidad a la que debía acostumbrarse. Cuando su hija mayor supo de la ruptura, entró a buscarlo al apartamento en el fondo de la casa donde le daba posada, una de sus raras visitas.

—Qué bien hiciste, papi, esa mujer no te convenía —lo abrazó—; debes buscarte una de tu propia clase.

La otra hija lo llamó para mostrar también su alborozo, y le repitió lo mismo: una mujer de su propia clase. ¿Cuál era su propia clase? Vaya pregunta que hacerle al viento. Pertenecía ahora a la clase de los solitarios, los solitarios a la fuerza. Y Ethel volvió a su lado, no para interponerse entre él y su amante en una cama de motel, sino para acompañarlo en su viejo lecho matrimonial.

Vestía el mismo camisón de dormir, estampado de azucenas celestes, la cara embadurnada de crema Pond's y sus sempiternos rulos en la cabeza. Se colocaba los lentes bifocales, colgados al cuello de una cadena, tomaba el comando y cambiaba el canal sin preguntarle si le gustaba o no lo que estaba viendo. Se quedaba en el de dibujos animados, Pluto, Daisy, Rico McPato, Tom y Jerry, o en el de documentales de animales salvajes, mientras llegaba el reprís de la telenovela estelar a las diez de la noche.

Él no podía hacer otra cosa que seguir en la pantalla aquel intríngulis constante de intrigas, traiciones y reproches entre galanes de sienes plateadas y mujeres que desde la hora de levantarse de la cama estaban ya maquilladas y peinadas como para una fiesta. Ethel alzaba sus lentes de vez en cuando, acercaba una caja de Kleenex y se enjugaba una lágrima.

Pero a veces, antes de la telenovela, mientras un chimpancé hembra saltaba de árbol en árbol llevando consigo a su cría, o un guepardo corría desbocado por la sabana perseguido por un tigre, ella pulsaba de pronto el botón de apagado del telecomando, tornaba a ver a Richard y lo examinaba, burlona, de pies a cabeza. Se llevaba entonces la mano a la boca llena de risa como para evitar un vómito, y huía del dormitorio a la carrera, sus carcajadas ya incontenibles.

2015-2019

2

Antropología de la memoria

¡Cuántos han caído allí!
Tropiezan toda la noche con los huesos de los
*   [muertos,*
Y sienten que ignoran todo menos la inquietud...
WILLIAM BLAKE, «La voz del viejo bardo»

«Y aunque el olvido, que todo destruye...»

Los hechos ocurridos el sábado 17 de julio de 1982 en San Francisco Nentón aparecieron referidos en la sección de ciencias de la edición dominical del *New York Times* como un asunto de interés arqueológico, entre otros artículos sobre terapia de los genes y vacunas contra la hepatitis.

San Francisco Nentón fue una aldea de Guatemala habitada por familias mayas de la etnia chuj, en el departamento de Huehuetenango, en las vecindades de la frontera con México, al noroeste del país. El artículo, firmado por Malcolm W. Browne, se publicó el 23 de febrero de 1999 bajo el título «Pistas del terror sepultadas en la ladera de una colina: científicos desentierran evidencias de una masacre».

Un equipo de arqueólogos, etnólogos, antropólogos y especialistas forenses de Estados Unidos, Argentina y Guatemala, organizado por la Fundación de Antropología Forense, llegó hasta aquellas lejanías rurales con el fin de establecer campamento, delimitar un área de excavaciones y, de acuerdo con el plan de su bitácora, iniciar el trabajo de campo que duraría varias semanas.

Guatemala es un país rico en tesoros arqueológicos de la civilización maya, muchos de ellos aún por explorar. Por ejemplo, gracias a una nueva tecnología láser llamada Lidar, no hace mucho se ha descubierto en las selvas del Petén una muralla de catorce kilómetros —conectada a un complejo sistema de torres y calzadas— alrededor de Tikal, una de las ciudades de la era preclásica, lo que revela la existencia de toda una megalópolis, cuatro veces más grande que el área hasta ahora conocida.

En las cercanías de la extinta aldea de San Francisco Nentón existe una pequeña pirámide del período clásico, pero esta vez no se trataba de la búsqueda de los restos de un centro ceremonial, o de la tumba de algún rey de una dinastía ignorada. El propósito era dar con los restos óseos de cerca de trescientas cincuenta personas, la casi totalidad de los habitantes de la aldea, asesinados por el Ejército Nacional bajo las órdenes del presidente de la República, el general Efraín Ríos Montt, quien el 23 de marzo de ese mismo año de 1982 había tomado el poder tras un golpe de Estado.

El equipo científico llegado a aquel lugar remoto en la geografía, y remoto a sus afanes académicos habituales, se entregó a su tarea con pasión y perseverancia, tratando de encontrar las pistas de un crimen masivo que habían permanecido ocultas por casi dos décadas. Cráneos limpiados pacientemente con brochas, vértebras y cavidades oculares frotadas con cepillos de dientes; huesos enteros o fracturados, o en astillas, cuidadosamente librados de sus sudarios de tierra y agrupados en busca de conseguir la armazón completa de los esqueletos, o lo que se pudiera reconstruir de ellos.

Una vez concluida esa tarea, los restos fueron fotografiados in situ y metidos en bolsas de plástico y cajas de cartón para ser trasladados a la ciudad de Guatemala, donde el siguiente paso sería someterlos a exámenes de rayos X en el laboratorio que el doctor Fredy Peccerelli, presidente de la fundación, había dispuesto en su propia casa.

El doctor Clyde Collins Snow era un antropólogo forense llegado desde Norman, Oklahoma, para integrarse al equipo. Tenía setenta y un años para el tiempo de la expedición; ahora ya ha muerto. Una pequeña quijada fue sacada de un pozo, y él, examinándola cuidadosamente tras sus lentes, explicó: «Este es el pozo de una casa que se dice perteneció a Felipe Silvestre. Tenemos aquí un cráneo infantil que presenta varias fracturas, probablemente causadas post mortem. Dos de los dientes son de leche, pero un molar ya había brotado. Esta criatura tenía entre seis y siete años. Sexo indeterminado, que podrá establecerse a partir de mediciones de laboratorio, y mediante un programa informático estadístico llamado Análisis de Función Discriminante».

La doctora Claudia Rivera, otra antropóloga forense, luce muy joven, igual que el doctor Peccerelli, según puedo ver en una foto que se tomaron con el doctor Snow y en la que aparece un miembro más del equipo, el doctor Leonel Paiz, arqueólogo, joven también. Los tres son guatemaltecos. El doctor Snow los abraza desde atrás, una pipa entre los dientes; lleva un traje claro, un sombrero de lona y una corbata floreada, como un personaje de Indiana Jones.

«Es muy parecido a excavar un sitio arqueológico», le explica al periodista la doctora Rivera. «A medida que pasan los años todo decae en un lugar como este y se vuelve cada vez más difícil de interpretar. Pero para nosotros esto no es arqueología académica. Este lugar, ¿cómo podría expresarlo?, es como si estuviera lleno de voces que quieren decirnos algo».

Y es entonces, desde la bruma del trabajo científico de campo, de las excavaciones, clasificaciones, mediciones antropológicas y pruebas forenses, que surge la historia de lo que pasó en San Francisco Nentón aquel 17 de julio de 1982.

Pongan atención, señores, lo que les voy a contar:

Tres semanas atrás del día en que se dieron los hechos, el 22 de junio, un contingente formado por cincuenta soldados entró a San Francisco Nentón por el camino que viene de la frontera con México, y el jefe ordenó a uno de los pobladores sonar el cuerno que sirve para llamar a cabildo, según la costumbre ancestral. Entonces, ya reunida la asamblea, hizo la advertencia de que nadie se metiera con las guerrillas, que no se dejaran tentar por su prédica porque eran falsos y mentirosos, «o iban a morir por el delito de ellos». Antes de marcharse, la tropa repartió confites a los niños y sardinas enlatadas a los adultos.

A partir de comienzos de ese año el Ejército Guerrillero de los Pobres (EGP), una de las cuatro fuerzas insurgentes que operaban en el país, se había venido haciendo fuerte en el departamento de Huehuetenango, en un área que iba de las tierras bajas a la sierra de los Cuchumatanes, desde donde tenía un corredor abierto hacia México. Sus columnas controlaban algunas carreteras troncales, dinamitaban puentes, habían incendiado las alcaldías en varios municipios y reclutaban combatientes entre los habitantes indígenas de las aldeas.

Hay una foto donde se ve a un grupo de guerrilleros subidos en los escalones de la pirámide maya cercana a San Francisco Nentón, enarbolando en triunfo sus fusiles.

Esa foto sirve de portada al libro *Huehuetenango: historia de una guerra*, de Paul Kobrak, publicado en 2003 por el Centro de Estudios y Documentación de la Frontera Occidental de Guatemala, donde se relata la masacre de San Francisco Nentón; igual que se relata en el libro *Negreaba de zopilotes... Masacre y sobrevivencia en la finca San Francisco Nentón*, escrito por el padre jesuita Ricardo Falla, publicado en 2011 por la Asociación para el Avance de las Ciencias Sociales en Guatemala.

Los mandos del EGP sabían que tras el golpe de Estado se avecinaba una ofensiva militar, y advirtieron en las aldeas, en muchas de las cuales tenían redes de colaboradores, que era mejor buscar los campamentos de refugiados al otro lado de la frontera para no exponerse a las represalias del ejército.

En San Francisco Nentón la decisión de los habitantes fue quedarse y someterse a las autoridades. Al día siguiente de la visita del contingente del ejército una comisión de vecinos viajó hasta la ciudad de Huehuetenango, cabecera del departamento del mismo nombre, para manifestar al comando militar su adhesión al ejército y al general Ríos Montt.

Y el mismo 17 de julio en que se dan los hechos habían enviado otra comisión a Nentón, la cabecera municipal, para solicitar una bandera de Guatemala que izar, otra manera de mostrar lealtad; el EGP tenía su propia bandera roja y negra con la efigie del Che Guevara. Esa misma comisión llevaba mandato de transmitir el consentimiento para formar en la aldea una patrulla de autodefensa. Las Patrullas de Autodefensa Civil (PAC) eran fuerzas paramilitares a las que el ejército proveía de armas y entrenamiento básico.

La comisión aún no había regresado de Nentón cuando una tropa, ahora mucho más numerosa, unos cuatrocientos soldados, entró en la aldea al mando de un coronel de infantería. Nadie buscó cómo ocultarse, ni correrse. Al poco rato aterrizaron en el potrero tres helicópteros, espantando al ganado. Traían más soldados, y bastantes cajas de abastecimiento. Los pobladores se ofrecieron para ayudar a transportar la carga.

El coronel mandó tocar el cuerno, tomó un megáfono y anunció, entre los chirridos del aparato, que iba a celebrarse una fiesta a lo grande, que les iba a quedar en el recuerdo. «Una fiesta bien chula, para que todos gocemos y nos divirtamos». Y acto seguido ordenó que fueran a lazar dos novillos para carnearlos y cocinarlos. «Dos animales gordos, de buen peso, que sobre la carne», dijo. Era alto y fortachón, vestía de camuflaje, con bolsas en las perneras de los pantalones, y llevaba una gorra de trapo, también de camuflaje. Habrá tenido unos treinta y tantos años, aunque al quitarse la gorra se notaba que ya en la coronilla le raleaba una tonsura.

Los jefes de la comunidad estuvieron de acuerdo en que valía la pena sacrificar algo de su ganado para seguir en paz con los militares, y le comunicaron al coronel que estaba bien, así celebraban como se merecía la subida al mando supremo del general Ríos Montt. Comería la tropa a costillas de ellos, y ellos también comerían. No era la primera vez que ocurría desde que había llegado la guerra a Nentón. «Vamos a darles su buena comida, nos conformamos con el gasto, y no nos va a pasar nada», se dijeron.

Fue una ilusión volandera. Estaban ya destazando las reses cuando se oyó llegar desde varios rumbos el clamor de las mujeres. Estaban siendo arreadas a la fuerza para encerrarlas junto con los niños en la capilla, que solo se abría algunos domingos cuando aparecía el cura itinerante. Y, al parecer, habían dado mano libre a los soldados, porque a otras las retenían dentro de las casas antes de llevárselas y les hacían mancilla de sus cuerpos, sin importarles que fueran ancianas, madres, viudas, doncellas o niñas a las que apenas les despuntaban los pechitos.

Enseguida empezaron a hacer mortandad con los niños. Los amarraban de los piececitos y de las manitos, no importaba que fueran niños de pecho o que aún gatearan, igual que se hace con las gallinas cuando las llevan al mercado, y así amarrados les daban contra los horcones de las casas y contra el tronco de un ciprés que estaba sembrado frente a la puerta de la capilla, o los partían con los machetes cercenando brazos y cabecitas.

Uno de los habitantes, que logró huir porque lo creyeron muerto y cruzó la frontera, entrevistado por el padre Falla en uno de los campamentos en Chiapas, lo cuenta así: «Lo sacaron y lo cuchillaron, pues, lo atriparon, pues. El pobre patojito está gritando. Y porque no muere, más bien ahí lo prendió al pobre patojito ese señor y le dio su golpazo. Quebró la cabeza y lo tiró, pues, adentro. Entonces yo lo miré al muchachito. Yo creo que de tres años. Apenas están andando a los tres años. Cómo lo agarra de la patita, lo veo..., con un palo duro, macizo, allá le da, le bota la cabeza. Se acaba de morir, tira el cuerpito a la mierda. Eso lo vi yo, pues, con mis ojos. No con los ojos de nadie más. Con los propios míos».

Y les llegó el turno a los hombres. Los fueron acorralando para que se pusieran todos juntos. Les hicieron vaciar los bolsillos, les quitaron el dinero, los obligaron a entregar sus relojes y los empujaron hacia el juzgado, donde los encerraron. Después los fueron sacando en partidas de diez.

Primero pasaron los más viejitos. Los acababan «clavándoles el cuchillo en la garganta igual que se degüella una res», declaró otro de los pocos que pudo escaparse a Chiapas. «Luego ya sacaron a los hombres de trabajo, les amarraban trapos en la cara para taparles los ojos y no vieran el daño que les venía, los forzaron a acostarse boca arriba y les fueron dando los tiros muy de cerca en la cabeza. Indios cerotes, hijos de puta, repetían los que así los mataban».

Venía llegando la noche, y todavía les faltaba gente que matar. Y ya estaban cansados los soldados de hacer tanta matanza porque a los últimos que quedaban vivos les tiraron granadas de mano dentro del juzgado para reventarlos de una vez por todas. Pero algunos, dados por muertos entre ese montón de cadáveres, aprovecharon que venían las sombras y buscaron escaparse. Se enteraron los militares de la fuga y a unos los sorprendieron cuando corrían y los fusilaron, pero otros, como los que ya hemos escuchado dando su testimonio, amparados por un aguacero que empezó a caer, y que no paró en horas, lograron alejarse y buscar los pasos de frontera.

Conforme la memoria de los sobrevivientes, el padre Falla logró ir concertando la lista de los muertos. Unos que recordaban nombres, otros que recordaban caras, y juntando nombres con caras fue saliendo la nómina, ordenada por familias, por casas, por calles. La señora tullida, la otra que era algo gorda, la regañona de mal carácter. El marido que los sábados se embolaba y lloraba de desconsuelo. El que tenía el caballito barcino de paso llano. Los patojos insolentes de una casa, los sumisos de otra, que no daban querella a sus padres, los que jugaban chamuscas en el solar frente a la capilla. La niña a la que la abuela peinaba las trenzas poniéndole aceite de zapuyul en el pelo. Algo parecido a lo que los arqueólogos hacían con los fémures, las tibias, los cráneos; armar, componer, reconstruir. Esa lista vino a ser de trescientas dos víctimas, pero la cifra real llega muy probable a los trescientos cincuenta muertos.

«La única de las mujeres en librarse de la matancina fue una señorita impedida de sus piernas que tenía por gracia María Ramos. La columbraron los soldados en el solar de su casa sentada bajo un hormigo en su silla de madera, una que ocupaba para rasurar un tío barbero de ella ya difunto, la sacaban en el día a la señorita sentada en la silla y la metían a la casa ya cuando venía atardeciendo; entonces se la llevaron cargada los chafas para meterla con las demás en la capilla, pero a saber por qué decidieron dejarla tirada sin más en el camino, tal vez por la molestia del acarreo, y allí la olvidaron, y luego pudo ella bajarse de la silla y arrastrarse hasta una casa que por milagro no fue quemada. Se estuvo quieta adentro, recluida en un rincón haciéndose un ovillo, los dientes apretados y los ojos cerrados esperando que en cualquier momento la descubrieran, pero la amparó la Divina Providencia porque nadie apareció a buscarla y así de esta manera no salió perjudicada».

El testimonio de María Ramos quedó recogido en el libro de Paul Kobrak. No vio nada de lo que les hicieron a los demás, solo oyó desde lejos la tirazón, las ráfagas repetidas y los estallidos de las granadas. Y en esa casa solitaria hasta la que se había arrastrado, se le apareció una noche en espíritu su cuñada. «Ya moraba ella entre los muertos, pero desde aquella lejanía hizo viaje para venir a dejarme un cántaro de agua y que al menos así consolara la sed, y me dijo que bebiera de a poquito para que me durara».

A los días pasaron unos guerrilleros que hacían un reconocimiento del terreno y la hallaron en su escondite, ovillada en el piso, muy desfallecida de necesidad. La pudieron sacar a México en parihuela, fue llevada a uno de los campamentos de refugiados, y allí contó su sucedido. A los tres años murió.

Pues esa es más o menos la historia. El ejército volvió una vez más, con palas mecánicas y bulldozers. La aldea fue arrasada hasta sus cimientos, y la tierra aplanada, como para que quedara en el olvido San Francisco Nentón. Después, con las lluvias, empezó a crecer la maleza. Cuando la misión científica llegó con sus maletas y cajones de instrumentos de trabajo hubo que hacer primero una limpia a machete.

«Hay cementerios solos, tumbas llenas de huesos sin sonido...»

«Después de la masacre hubo la gran fiesta, tal como el coronel lo proclamó en el megáfono, solo que los únicos convidados eran ellos», afirma otro de los sobrevivientes de San Francisco Nentón, uno de los que se hizo el muerto entre la pila de cadáveres.

Comen con voracidad los pedazos de carne de las reses mandadas a traer a los potreros para la fiesta anunciada a los moradores que ya estaban muertos. Los lomos, las entrañas, los costillares asándose al aire libre. Los cocineros de campamento no escatiman las raciones que sacan de las brasas con la punta de los yataganes para colocarlas sobre las tortillas. En uno de los helicópteros venía una buena provisión de latas de cerveza Gallo, lástima que deban beberlas tibias porque el hielo se deshizo desde hace horas en las hieleras. También trajeron unos parlantes tan grandes que parecen roperos y en las bocinas suena música de marimba. Esa música la oyó de lejos la señorita María Ramos. «Escuché que ponían varias veces la misma pieza, una que se llama *Bailando con la llorona*», dice en su testimonio.

Los soldados bailan entre ellos, las pesadas botas asentándose con torpeza sobre el lodo ensangrentado. Uno, flaco y rapado, quiere pasarse de gracioso y mueve los pies agarrándose por las botamangas los pantalones de camuflaje, que le quedan flojos, como si fueran los vuelos de una falda.

Se marcharon ya llegada la noche y no dejaron ninguna vigilancia en el sitio. Los últimos fueron los helicópteros. Al elevarse, la ventolera movía en olas el zacatal donde se habían posado, y sus faros alumbraban los techos de las casas, todo en silencio abajo, como si la gente estuviera durmiendo tan profundamente que su sueño no pudiera ser inquietado por el ruido de las aspas. «Pasaron volando todavía bajito sobre la casa donde yo me hallaba, y esos focos que llevan en la barriga son tan fuertes que la luz se filtraba por las tejas y me alumbró a mí, tanto que pude verme bien las manos, y los pies, hasta que me quedé de nuevo en la oscuridad», diría la señorita María Ramos.

«No dejaron centinelas apostados porque para ellos San Francisco Nentón había dejado de existir como objetivo militar. Era asunto del pasado, y nadie vigila el pasado», dice otro sobreviviente. De ahora en adelante el trabajo sería de los zopilotes, que llegaron apenas amaneció. Zopilotes de plumas resecas que bajaban con vuelo pesado, se posaban sobre las piedras, vigilaban, se acercaban con cautela, los picos filudos inclinados hacia el suelo. De pronto eran decenas, y seguían llegando. Era como si entre ellos se avisaran de que no tuvieran pena, había suficiente para regalarse a sus anchas.

No se sabe cuántos días después regresaron los soldados para abrir zanjas y mal enterrar a los muertos, zanjas que no eran tan profundas, y fue poca la tierra que les echaron encima, con desgano. Terminaron por desistir de esa tarea, y mejor decidieron prender fuego a todo. Antes de levantar campo, regaron gasolina y quemaron los cuerpos y quemaron las casas, que, como estaban hechas la mayoría de caña brava, de pajón y varas, no fue mucho lo que tardaron en arder.

Hay otro testigo, que entró en la aldea pocos días después, y dice: «No quedaba nadie, salvo los perros y algún ganado suelto. Se veía un reguero de cuerpos quemados. Algunos tenían sus cabezas cortadas con machete o con hacha. Había cuerpos amontonados en el juzgado y en la capilla, y otros estaban dentro de las casas incendiadas. Los perros habían comenzado a comerse los cuerpos que no estaban quemados. Había multitud de zopilotes. Olía muy mal. Yo nunca había visto nada así. ¡Tantos muertos! Estaba yo abrumado, quería llorar. Solo pude quedarme un ratito. Las personas tenían ya días de estar muertas».

Por último fue que llegaron con la maquinaria pesada, para aplanarlo todo. Después vinieron las lluvias. Después empezó a crecer a sus anchas el monte.

«Serán ceniza, mas tendrá sentido»

«Lo extraño de todo esto», dice el doctor Snow mientras lleva adelante su trabajo de campo en el sitio, sentado en una sillita plegable de lona, «es que hemos encontrado numerosos fragmentos de cráneos, pelvis, vértebras y costillas, pero no hemos hallado fémures». Y los fémures son esenciales en la antropometría para estimar la estatura de una persona.

Lo que pasó es que después de haber mal enterrado los cadáveres, y después de quemarlos, y aun después de haber aplanado el terreno, los fémures sobresalían a flor de tierra, deslavados por las lluvias. «El fémur es el hueso más largo, más fuerte y voluminoso del cuerpo humano», explica el doctor Snow. Entonces, en una nueva visita de inspección, los militares los dispersaron lejos, para no dejar ningún rastro. Y costó mucho trabajo al equipo de campo localizarlos, tantos años después.

Una vez recuperados los fémures, y reconstruidos los esqueletos, se pasó a la fase de agruparlos por familias. Abuelos, padres, hijos, las madres con sus niños. Para encontrar los lazos familiares, según el doctor Peccerelli, fue necesario guiarse por elementos como el ancho del puente de la nariz, las características del hueso frontal, el diámetro de las cuencas donde una vez estuvieron los ojos; y para calcular las edades se determinó el grado de fusión de los huesos pélvicos. Asimismo se usó, para la identificación familiar, el ADN de la pulpa de los dientes, protegida de la decadencia por la dentina, la capa de marfil que la recubre. Tras meses de trabajo, las familias volvieron a estar juntas.

También se logró determinar las formas en que las víctimas fueron asesinadas, tipo de arma cortante con que cercenaron los huesos, clase y calibre de las balas que les destrozaron el cráneo o penetraron el tórax.

Un pastor de ovejas insumisas

La desaparición de San Francisco Nentón fue parte de un plan militar iniciado bajo el nombre en código «Sofía» en julio de 1982, tres meses después de que el general Ríos Montt hubiera consumado el golpe de Estado que lo llevó al poder. El propósito era «conducir operaciones contrainsurgentes de seguridad y de guerra ideológica con el objetivo de localizar, capturar o destruir grupos y elementos subversivos, para garantizar la paz y seguridad de la nación», según puede leerse en los informes militares.

Fue articulado contando con la participación del Primer Batallón de Paracaidistas de la Base Militar General Felipe Cruz, «el cual se desplazó por tierra desde su sede en Puerto San José, Escuintla, hasta la Zona Militar de Huehuetenango, donde inició sus operaciones ofensivas y psicológicas, con la finalidad de darle mayor ímpetu a las operaciones de la Fuerza de Tarea Gumarkaj, la que proporcionó el apoyo logístico requerido», de acuerdo con los mismos informes.

Gumarkaj significa «casa grande», y corresponde al nombre de la capital del reino maya quiché en el período posclásico, cuyos vestigios se localizan en las cercanías de la ciudad de Santa Cruz del Quiché.

Al general Ríos Montt le gustaba repetir en sus discursos la leyenda milagrosa, inventada por él mismo, de que, retirado para entonces del ejército, se encontraba, biblia en mano, explicando el mensaje milenarista de los misioneros de la Iglesia del Verbo a un grupo de recientes conversos, cuando una patrulla de soldados apareció para anunciarle que el general Fernando Romeo Lucas García acababa de ser derrocado, y los cabecillas del golpe le rogaban encarecidamente aceptar la presidencia de la República.

Era la providencia misma la que lo buscaba «para confiarle la misión de salvar a Guatemala de la subversión del comunismo ateo, y guiar al país hacia los brazos de Cristo», en un tiempo en que los generales se arrebataban el poder unos a otros.

La Iglesia del Verbo pertenece a la denominación neopentecostal de la Gospel Outreach, que ese mismo año del golpe cumplía cien años de haber sido fundada en Eureka, California. Empezó a crecer en Guatemala a partir del año 1976, cuando la capital fue golpeada por un terremoto, y su arraigo entre las clases medias y en las barriadas ha llegado desde entonces a ser inmenso, junto con el de otras iglesias pentecostales, al punto de que el voto de sus miles de fieles se vuelve decisivo hoy para llevar a la presidencia a los candidatos de la extrema derecha.

Ríos Montt, tras pedir su baja en el ejército, se había presentado como candidato a las elecciones en 1974 en nombre de una alianza encabezada por la Democracia Cristiana. Ganó aparentemente entonces, pero la cúpula militar decidió adjudicar el triunfo al candidato de su confianza, el general Kjell Laugerud, y mandó al derrotado como agregado militar en España. A su regreso de aquel exilio, en 1978, se convirtió en feligrés neopentecostal.

Cuando fue llamado por la providencia aquel 23 de marzo, era miembro del consejo de ancianos de la Iglesia del Verbo, una suerte de sínodo episcopal. Y a las once de la mañana de ese día comparecía en uniforme de campaña, rodeado de sus cómplices, para anunciar el golpe y hacer una serie de advertencias, la primera de ellas que quien fuera encontrado con armas en la mano sería fusilado. «Fusilado y no asesinado, ¿estamos?», dijo frente a las cámaras, sin un solo parpadeo.

La guerra santa había empezado, y cada semana habría de aparecer en la televisión para dar sermones, la biblia siempre en la mano, en los que predicaba el alcance purificador de su régimen. El buen cristiano, sentenciaba, es «aquel que se desenvuelve con la biblia y la metralleta». Su misión era acabar con «los cuatro jinetes del moderno Apocalipsis»: el hambre, la miseria, la ignorancia... y la subversión.

El pastor de ovejas insumisas, que anunciaba la llegada de la era del amor divino y la conquista del país para Cristo, montó desde el mismo día de su ascensión al poder un programa de represión sistemática que involucraba al ejército, a los cuerpos de seguridad y a las recién creadas Patrullas de Autodefensa Civil, verdaderas escuadras de ejecución.

Según el Informe de Recuperación de la Memoria Histórica *Nunca más*, presentado el 24 de abril de 1998 por el obispo Juan Gerardi, a consecuencia del cual dos días después fue muerto a golpes de adoquín en la casa cural de la parroquia de San Sebastián de la ciudad de Guatemala, en los escasos dieciocho meses que duró la dictadura de Ríos Montt se cometieron al menos diez mil asesinatos en las áreas rurales habitadas por etnias indígenas, y cien mil personas debieron huir de sus aldeas, de las que casi quinientas fueron exterminadas del mapa. Y abundaron los juicios secretos sumarios, las desapariciones, los cementerios clandestinos.

La política de «tierra arrasada» de Ríos Montt no había tenido precedentes en su magnitud, lo que ya es bastante decir en un país marcado por la más oscura y desenfrenada represión desde el derrocamiento en 1954 del presidente Jacobo Árbenz, después del cual siguió por más de tres décadas una sucesión de implacables gobiernos militares.

Herodes y los chocolates

A partir del año 1986 hubo gobiernos civiles en Guatemala. Pero Ríos Montt siguió en la política y en posiciones de poder. Fundó un partido, fue electo diputado, fue presidente del Congreso Nacional, y, en 2003, de nuevo candidato a la presidencia. Quedó en tercer lugar, con el veinte por ciento de los votos. Medio millón de votos.

Para entonces pesaban sobre su cabeza diversos juicios, uno de ellos promovido desde España por genocidio contra el pueblo ixil, que habita en el departamento de El Quiché. Pero él seguía subiendo a las tribunas para hablar delante de grandes masas de partidarios, y se hacía fotografiar sosteniendo niños, y abrazando indígenas de las etnias que había mandado a exterminar.

Por fin, el 19 de marzo de 2013, a los ochenta y siete años, fue llevado a comparecer delante de un tribunal de justicia civil. Más de cien testigos, aún con el temblor del miedo en la voz, prestaron testimonio, muchos en sus propias lenguas, traducidos simultáneamente desde las cabinas instaladas al fondo de la sala de audiencia.

En aquellos años de la ejecución del plan Sofía no pocos de esos testigos eran niños que lograron escapar de la sentencia de muerte indiscriminada que pesaba sobre sus cabezas. Ríos Montt sabía muy bien de historia sagrada, y sus planes contrainsurgentes se parecían mucho a los del rey Herodes, solo que más sofisticados. Los niños indígenas tenían un nombre cifrado en esos planes: «chocolates».

En un reporte de operaciones, develado en el curso del juicio, el jefe de la Cuarta Patrulla de un contingente militar informa que en una quebrada se encontraba escondida una mujer. Al advertir «presencia extraña» el soldado punta de la patrulla abrió el fuego contra el enemigo —ENO, en el argot militar—, y como resultado de la acción fue eliminada la mujer, dos «chocolates», «y también un elemento vestido de civil y sin documentación que intentó huir al ver a la patrulla, y otro elemento de aproximadamente diecisiete años de edad que huía también de la patrulla en compañía de otros hombres NI —no identificados en el argot militar—, lo mismo que una persona indocumentada del sexo masculino que salió de atrás de unas peñas con los brazos en alto...».

El número de bajas enemigas, incluyendo a los dos «chocolates» y a la mujer, probablemente su madre, suma seis. No se menciona en el parte si alguno de los elementos vestidos de civil portaba alguna clase de arma.

Los testigos relatan en las vistas del juicio escenas de soldados que se comían los sesos de los niños después que sus cabezas hubieran sido abiertas a golpes contra las rocas. Niños lanzados al aire y ensartados en bayonetas. Niños rociados con kerosín y quemados vivos. Como en San Francisco Nentón.

Francisco Velasco declara que mataron a once familiares suyos, entre ellos a su madre, y a su hija de doce años a la que encontró tirada en el piso de su vivienda con el pecho abierto y sin corazón. «Los soldados le sacaron el corazón, no sé si con cuchillo o machete. ¿Mi niña qué delito tenía? ¿Mi mamá qué delito tenía?».

Nicolás Toma, de San Juan Cotzal, declara que una patrulla de soldados llegó a su aldea, Villa Hortensia Antigua, y mataron a todos los niños: «Les metieron bala en el pecho, y la bala salió por la espalda».

«No hubo perdón para ancianos, ni niños, ni mujeres embarazadas», declara otro testigo, «en ocasiones los niños se iban vivos a las fosas en los rebozos de las madres. Cuando una fosa estaba llena de víctimas, le echaban tierra. Ellos los agarraban del pelo y los puyaban en el pecho, y después los empujaban a la fosa».

Otro testigo declara que cuando fueron a buscar a su hijo Pedro, de cinco años, en medio de la balacera de los soldados, «ahí estaba tirado, mi chiquito muerto». Tuvieron que dejar el cuerpecito en la huida, y «ahora por fin está enterrado en el cementerio de Cunén», después que los antropólogos forenses identificaron sus restos.

Y declara otro: «Los soldados primero quemaron las casas y a los niños que estaban allí les cortaron el pescuezo con cuchillo, la cabeza la usaban como pelota, nunca se me ha olvidado y nunca se me va a olvidar».

Los lomos, las entrañas, los costillares asándose al aire libre en San Francisco Nentón. Huele a chamusquina. Las latas de cerveza que los pobladores acarrearon solícitos van quedando vacías, regadas en el suelo, aplastadas por las botas de los que bailan. Las marimbas que atruenan desde los parlantes siguen tocando corridos, cumbias, guarachas. Los soldados de cabezas rapadas siguen bailando entre ellos, las pesadas botas asentándose con torpeza sobre el lodo ensangrentado. El que quiere pasarse de gracioso y se agarra las botamangas de los pantalones de camuflaje como si fueran los vuelos de una falda tropieza y cae. Un sargento le ordena, sin mucha energía, que ya no beba más.

El acusado, igual que los magistrados, los fiscales, los abogados, tiene los auriculares puestos para escuchar la traducción de los testimonios. No se inmuta. Siguen, sesión tras sesión, las historias contadas en un idioma que no entiende. Vientres de mujeres abiertos a cuchillo para sacarles a los hijos en gestación. Los soldados hacían fila para violar a las mujeres, fueran ancianas o fueran jóvenes, y luego las degollaban. Una niña de trece años terminó muerta después de que tantos pasaran por ella. A un padre

93

lo obligaron a ver cómo torturaban a su esposa y a sus hijos.

El 10 de mayo de 2013, dos meses después de comenzado el juicio, el tribunal dictó sentencia condenando al acusado a la pena de ochenta años de prisión inconmutable: cincuenta años por genocidio y treinta años por delitos contra los deberes de humanidad. Ese mismo día fue trasladado al cuartel de Matamoros en calidad de prisionero.

La sentencia fue recurrida ante la Corte de Constitucionalidad, y, en el entretanto, la Asociación de Veteranos Militares de Guatemala hizo publicar en los diarios pronunciamientos en contra de la sentencia, en los que amenazaba con sacar a las calles a cincuenta mil paramilitares de las Patrullas de Autodefensa Civil. El Comité Coordinador de Asociaciones Comerciales, Industriales y Financieras (CACIF) demandó también la nulidad de la sentencia.

El 20 de mayo de 2013, en una votación de tres contra dos, la Corte de Constitucionalidad anuló todo lo actuado por el tribunal y ordenó que el juicio volviera a comenzar. El acusado fue liberado de la prisión militar y puesto bajo arresto domiciliario.

Se programó un nuevo juicio para el mes de enero de 2015, pero no comenzó sino en marzo de 2016 debido a dilatorias procesales. Para ese entonces, un dictamen forense solicitado por la defensa había establecido que el acusado padecía de «demencia vascular mixta cortical y subcortical de naturaleza senil».

El tribunal dio por bueno el dictamen y resolvió que, en base a la condición del reo, no se demandaría su presencia en las vistas, las cuales deberían realizarse a puerta cerrada; y que, de ser hallado culpable, no cumpliría ninguna pena de prisión. Tras nuevos retrasos, el juicio no comenzó sino en octubre de 2017, con una sola audiencia semanal, los viernes por la mañana.

A pesar de que estaba eximido de presentarse en el juicio, los familiares decidieron llevar al acusado en camilla a la sala de audiencias, asistido por una enfermera. En una foto se le ve cobijado hasta el cuello, con lentes oscuros y una cánula de oxígeno en la nariz, acostado en la camilla que ha sido depositada en el piso. Su hija, heredera política suya, aparece en primer plano, envuelta en un chal rojo, en actitud de cuidarlo, mientras al fondo abogados y jueces escuchan los alegatos; al pie del estrado hay media docena de contenedores plásticos con documentos del proceso.

Murió a los noventa y un años, sin que el juicio tuviera visos de terminar nunca, el 1 de abril de 2018, Domingo de Resurrección. Su abogado informó de manera escueta que había sufrido un paro respiratorio, consecuencia de su avanzada edad.

Fue sepultado ese mismo domingo en el cementerio de La Villa de Guadalupe de la ciudad de Guatemala. Hubo vivas al fallecido y mueras al comunismo, y encendidos discursos de sus partidarios. Su hija dijo frente a la tumba: «Mi padre murió libre, recuérdenlo todos, ¡libre!».

Se le rindieron honores militares. Miembros del Estado Mayor del ejército, en uniforme de gala, condujeron el féretro, cubierto con la bandera nacional, y una escuadra de fusilería disparó tres salvas mientras el ataúd descendía a la fosa.

En 2019 su hija se presentó como candidata a la presidencia de la República. El Tribunal Supremo Electoral anuló su participación, porque la Constitución prohíbe la postulación de los responsables de un golpe de Estado y sus parientes inmediatos; pero la Corte Suprema de Justicia anuló el fallo, que por fin fue revalidado por la Corte de Constitucionalidad.

Para entonces aparecía en las encuestas como segunda en intención de voto.

Mayo de 2017-octubre de 2020

El mercado viejo

Para Desirée Elizondo

Mi hijo se llamaba según su fe de bautismo Brandon. Brandon Gaitán Pavón. Pero le decían Pollito porque así me le puse por apodo una vecina debido al gusto que tenía ese niño por el pollo frito Narcy's, deliraba él por una cajita de ese pollo tan mantecoso que viene ya con sus papas fritas y su poquito de ensalada de repollo, dígase que un niño a esa edad come como si nunca se hubiera sentado frente a un plato de comida, y no digamos come, devora lo que tenga enfrente sin importar hora ni circunstancia, ya sea pollo Narcy's en cajita, ya sea fritanga, ya sean golosinas de la calle, frutas bajadas de los palos, mangos, guayabas, tigüilotes. Pero no por eso me despreciaba el almuerzo que es el tiempo de comida en el que yo más me he esmerado en esta casa, carne sudada con verduras picadas, un bistec con bastante cebolla, tajaditas de maduro frito, una rebanada de queso también frito, arroz volado, y lloviera o relampagueara, sus frijoles, ya fueran fritos o en bala. Mamá, ¿y los frijoles?, disgustado, la boca empurrada si faltaban en su plato los frijoles. Y la cena, pues nada del otro mundo, gallo pinto, y otra vez queso, su cafecito endulzado, su bolillo de pan o la tortilla tostada. Y si es que volvemos a las golosinas callejeras, que no se me olvide su encanto por los chocobananos. Ya no tengo a mi niño que me está esperando a la hora que vengo de mi turno en la maquiladora de bluyines de los coreanos en Nindirí, y me dice: mamita, ¿no tenés diez pesos? Me quiero comprar unos chocobananos, dale con la fregadera. Eran súper según él esos chocobananos. ¿Cómo es que decía? Cul. Eran cul.

Muy estudioso, para qué. Madre siempre es madre, pero en lo de su aplicación escolar soy sincera. La primaria me la aprobó con todos los honores. Don Bartolito me le hizo la toga y el birrete, compré el corte de tela, le tomó las medidas, y el niño iba a tallarse todos los días la toga a la sastrería de don Bartolito que para decir la verdad era algo picado, la botellita de ron Plata siempre al lado de la máquina de coser. Y después de muchos atrasos, siempre don Bartolito con su cantinela: señora, perdone el incumplimiento, pero viera cómo me duele todo el santo día la cabeza, y yo, disgustada: cómo no va a dolerle la cabeza, don Bartolito, si usted mucho es lo que bebe, dé gracias que no se le ha reventado el hígado; al fin termina el encargo, esto el mismo día en que va a ser la ceremonia de los diplomas, y ahora veo yo que esa toga está quisneta, más larga de adelante que de atrás, toda caída de los hombros porque no le puso hombreras, y el birrete que no le calza al niño en la cabeza, pero qué se hace a esas horas, así nos fuimos al colegio, y ahora voy yo colgada de su brazo desfilando, cada madre con su hijo, a veces también el padre a la par, y en el parlante una marcha muy emocionante que se repetía y repetía para que todos termináramos de pasar con la misma música. Vea aquí, esta foto que pusimos en el altar, donde estoy yo en la tarima al lado de él, con su toga y su birrete, en esos momentos mi niño está recibiendo el certificado de primaria de manos de la profesora Bertilda Laguna, se deshacía ella en alabanzas para mi niño poniéndolo por las nubes y ahora no nos dirige la palabra por servilismo o por miedo de que la corran de su puesto de directora.

Lo que más destacaba de él la profesora Bertilda, y ojalá no se desniegue ahora, porque llegó a escribirlo de su puño y letra, era su aplicación en las matemáticas, el idioma español, las ciencias naturales, sobresaliente en todas esas materias, y también alababa su buen comportamiento, sobresaliente en urbanidad y civismo. De eso siento orgullo, de su conducta tanto en la escuela como en la calle, siempre por el camino recto, jamás tocar lo ajeno, me libre Dios, si lo mandaba a comprar algo me traía el vuelto exacto; aunque con sus rebeldías, como todo niño, no digo que no fuera proclive a vagancias, si le daban a escoger entre las enseñanzas de la escuela y el partido de futbol en la cancha del barrio, escogía el futbol. Y terco a veces de pararse en sus trece, esta mula es mi macho, y nadie, ni su madre misma, era capaz de moverlo de su empeño; y claro que hacía diabluras, en sacarle la risa a propios y extraños nadie lo igualaba porque algo payaso era, puras fregaderas, a quien veía pasar le ponía un apodo, imitaba el modo de caminar de la gente, el modo de bailar, el modo de hablar arrastrado y desconcertado de los picados, y yo, aunque me reía para mis adentros, lo regañaba, qué son esas lisuras, qué son esos irrespetos, qué son esas necedades, portate serio, Brandon.

Y justo, muy justo en su manera de pensar. Parece mentira una criatura que a esa edad razonara con tanta moralidad, lo bueno de un lado, lo malo del otro, muy hecho cargo de la situación que estábamos viviendo en Masaya desde que había comenzado en abril toda esta matanza contra la juventud, con solo decirle que cuando las turbas violentas amparadas por la policía estaban delinquiendo en el saqueo del supermercado Maxi Pali, aquí, cerca del barrio, fue mi niño a juntarse a las brigadas de protección que se formaron para atajar que nadie robara lo ajeno y después echaran la culpa al pueblo que andaba alzado en su rebeldía, fue cosa esa de no volverse a ver, la gente haciendo filas con las mercancías en mano para entregarlas a los empleados que iban apuntando cosa por cosa quitada a los vándalos que nunca faltan, hasta una bolsa de detergente que fuera, un pan de jabón, unas chinelas de hule.

De allí, de ese colegio donde aprobó su primaria pasó mi niño al Instituto Central Carlos Vega Bolaños para hacerse bachiller, y después, quién sabe, conversábamos los tres, su papá, él y yo, tal vez una carrera técnica, una profesión, él quería graduarse de ingeniero de computadoras para llegar un día a hacer películas de muñequitos animados tipo japonés, porque le gustaban los dibujos que llaman anime. Y también su fascinación por esa otra cosa que mucho nombraba, grafitis, de esos que pintan en las paredes y en los muros de los solares, figuras extrañas que se detenía a contemplar, unos como astronautas con cascos espaciales, otros más raros todavía, con un solo ojo y dientes de tiburón, otros con pico de pájaro y brazos que terminan como en mangueras, letras infladas verdes y azules pegadas unas con otras, y yo le dije un día que adónde daban clases de grafiti, que fuéramos, ¿adónde es que hay que ir?, ¿cuál es esa escuela? Vamos, yo voy con vos, pagamos la cuota o mensualidad, lo que sea, tu papá y yo hacemos el sacrificio, uno tiene que aprender bien lo que le gusta; pues es que escuelas para eso no hay, mamá, me dijo él, condescendiente de mi ignorancia, uno lo aprende en la calle, lo aprende viendo.

Una calamidad como la que se le vino encima a Masaya en esos días nunca antes la habíamos vivido salvo cuando la insurrección para botar a Somoza, que entonces yo era una cipota y no me acuerdo tanto, pero una oye hablar de aquellas carnicerías y la gente ahora repite que es igual, antes andaban las fieras sueltas y ahora también, ¿cuál es la diferencia? Ninguna. Fue llegar abril y cada día era un suceso nuevo, no había acabado de entrar una noticia cuando ya venía detrás la otra, por aquella calle mataron a un muchacho panadero, le dispararon desde lejos, la bala del francotirador le desbarató la cabeza, en aquella esquina cayó uno que estudiaba enfermería y la bala le entró en el cuello, enmascarados quemando las casas con las familias adentro, las filas de camionetas Hilux, sin placas, que relampagueaban de nuevas, con esa multitud de uniformados de negro, armados y encapuchados, de dónde salieron si no fue del averno, sin piedad ni compasión alguna, y una entrampada en su casa, de salir al trabajo nada porque no se podía llegar a la maquila de los coreanos con tantos retenes y tantas barricadas, la humazón negra de las llantas viejas que los chavalos quemaban en las esquinas, las bombas de mecate que estallaban de barrio en barrio, y yo con el Jesús mío en la boca porque ese

101

niño rebelde se me zafaba y se me iba a la trifulca y no volvía.

¿Y no le he contado de su abanico eléctrico? Él no se me dormía sin que yo le encendiera su abanico de cinco velocidades color celeste que su papá le compró en abonos en El Gallo más Gallo, qué airecito más rico el que me da ese abanico, me decía él cerrando los ojos, ya la cabeza en la almohada, y a las cuatro de la mañana, antes de clarear, iba yo y se lo apagaba para que no le entrara el frío. Y aunque todavía debe mi marido varias cuotas de ese abanico, ahora lo que me parece a mí es un chunche viejo inútil, de mandarlo a botar, si ya no puede soplar a mi niño mientras está dormido.

Antes de que todas estas maldades empezaran, le estoy hablando del año pasado, apareció en el barrio, montado en una motocicleta, un teniente de la policía llamado Abimael, diciendo que andaba formando brigadas deportivas porque querían apartar a la chavalada de los vicios. Eso está muy bien, dijimos mi esposo y yo, y dimos el permiso para que mi niño se inscribiera en uno de los equipos de la liga de futbol que el teniente organizó, ya le mencioné cómo le encantaba el futbol, fanático acérrimo del Real Madrid, desvariaba por el tal Cristiano Ronaldo, tanto que lo tenía en afiche gigante en su cuarto, se iba a ver los juegos de la liga española a una casa del barrio donde hay televisión, y una de esas veces, hace como un mes, volvió dando brincos de alegría, ¡ganamos la champions!, ¡ganamos la champions!, como si se hubiera sacado la lotería, el muy guanaco.

Pues se armó la liga infantil, se formaron los equipos, empezaron los juegos, el Instituto de Deportes del gobierno regaló las bolas, se consiguieron los uniformes patrocinados por casas comerciales, según el teniente Abimael anduvo gestionando; simpático, amistoso, se presentaba a veces vestido de policía, a veces de civil, cuando tocaba entrenamiento de los chavalos llegaba de sudadera y zapatos deportivos, primero los ponía a hacer gimnasia, calistenias, después a correr rodeando cuatro veces la cancha; se colocaba él mismo de portero a atajar los goles, los chavalos pateando en fila. Y le gustaba hacer de árbitro en los partidos.

Mi niño se ganó una medalla de goleador que el comisionado jefe de la policía de Masaya, que se hizo presente en la ceremonia, le colgó del cuello; estuvimos mi marido y yo, muy bonito todo, también entregó el comisionado los trofeos de campeón y subcampeón a los equipos, y hubo música disco, y hot dogs y gaseosas, y el teniente Abimael habló en el micrófono, unas palabras muy aplaudidas: que si algún derrotado había ese día era el vicio, eran las drogas, y que era necesario ir pensando ya en la siguiente liga, que a lo mejor se haría también una interliga con equipos de Nindirí, Tisma, Catarina.

Y cuando volvió a aparecer con los papeles de inscripción para el nuevo campeonato, y llamó a reunión a los capitanes de los equipos, cosa extraña, los niños le hicieron el vacío; y, de repente, una noche, después de la cena, oigo decir a mi niño que entre todos los chavalos están formando una liga independiente, y le pregunto: ¿y el teniente Abimael? Dio la vuelta, se metió en su cuarto y no me contestó. Pero como nunca había tenido silencios conmigo, me voy detrás de él, me le siento en la cama, le enciendo su abanico y le pregunto: a ver, mi muchachito, ¿qué es lo que está pasando con el teniente Abimael? ¿Han hecho ustedes algo malo que a él le disgustó? No es eso mamita, sino que ha salido ahora con unas exigencias que no nos gustan, me dijo, y se dio vuelta en la cama dándome la espalda. Y yo en mis adentros: ya sé que este muchachito es terco, para qué presionarlo más, mañana busco cómo sonsacarle qué exigencias son esas, por ahora dejémoslo estar, pero qué será lo que está pasando con ese teniente Abimael si solo les faltaba enflorarlo como santo en su nicho.

Y tantas preocupaciones tiene una, buscar el centavo diario la primera, que me fui distrayendo de ese asunto y mi curiosidad se fue apaciguando, de manera que ya no volví a indagar, y de todos modos del teniente Abimael no volvió a saberse, lo habrán trasladado de cuartel, pensé alguna vez, pero de allí no pasó. Los muchachitos hicieron su propia liga, los equipos con los mismos uniformes del año anterior y las mismas bolas viejas remendadas, porque en el Instituto de Deportes les negaron el apoyo; y para el asunto de los trofeos y las medallas, porque a ellos las casas comerciales importantes de Masaya qué caso iban a hacerles, inventaron rifas: un gallo de raza que les obsequió don Fermín, un vecino de aquí nomás que es talabartero y jugador de gallos empedernido; una cena para dos personas en el restaurante Palmira que está en la carretera, frente al Coyotepe, cortesía de su dueña doña Julia Jarquín. Las acciones valían cada una cinco córdobas, yo le compré tres, su papá dos, ya me veía dueña de un gallo altanero llenándome de cuitas la casa y perjudicándome los siembros del patio. Yo veía venir el fracaso de la rifa, poco se apuntaba la gente porque este barrio es pobre. Y en eso de vender las acciones de casa en casa andaban los chigüines, cuando se nos vino encima abril.

Hasta ahora, cuando ya mi niño no está, he venido a darme cuenta del motivo del rechazo al teniente Abimael que tanto porfió en ocultarme. Y es que este hombre hizo una encerrona con los capitanes de los equipos, y les quiso tomar juramento de fidelidad al partido con la tarea secreta de apuntar todo lo que oyeran hablar en su propia casa, en las casas del barrio, o a los profesores en la escuela, contra el comandante Daniel y su esposa. Quería volverlos orejas de la policía, para eso los enamoró antes con el futbol, los uniformes, los trofeos. Pero ellos, pues no señor, de ninguna manera, le contestaron claro y pelado. Como si no hubiera conocido yo a mi niño, y ya lo veo pararse firme, alzar la cabeza como un gallito de tiesto, en rebeldía contra esa pretensión escabrosa de volvérmelo denunciante.

Hacía pocos días le había regalado yo doscientos pesos de un bono que me dieron en la maquila, para que comprara una gorra negra, va friega que friega con esa gorra porque era la misma que se ponía un tal cantante preferido de él, al que veía en YouTube, una música a la que yo nunca le puse gusto, pero esa era su música, unas largas letanías que el cantante va como rezando, sin cantar, qué gracias es eso, le decía yo, riéndome, si eso es cantar hasta yo sería cantante famosa.

Y con esa gorra negra puesta, la visera de un lado, sobre la oreja izquierda, salió ese 2 de junio, que fue sábado, como a las diez de la mañana. Voy a ver futbol donde Nicolás, dijo; Nicolás era el vecinito de su mismo equipo, donde había tele. No te alejés de allí de esa casa que ya ves cómo está de encendido todo Masaya, le advertí, acordate lo que me prometiste la última vez, no estás en edad de andar metido en esos peligros. No hay falla, me contestó, termina el partido y me vengo. Pero llega la hora del almuerzo, y no aparece. Andá búscamelo, que se venga a comer, ya en esa casa deben estar comiendo, le digo a mi esposo, no me gusta eso de que esté velando la mesa ajena.

Pongo la mesa, pasa el rato, vuelve mi marido y me dice que allí donde Nicolás no está, que no hubo tal juego, y yo me enojo porque ya va la mentira de por medio. Nicolás tampoco está, dice mi marido, quiere decir que, si se fueron en alguna correría, andan juntos. Mejor andá comiendo vos, le digo, mientras yo voy a preguntar al barrio. Ya anduve preguntando yo, me contesta él, en ninguna casa está, a ninguna ha llegado, mejor esperémoslo un ratito, ya no debe tardar. Fui a la cocina a tapar las cazuelas, después caliento, dije, y me senté a esperar haciéndome la tranquila, pero no había forma de que me llegara el sosiego, así que caminé a la puerta donde ya estaba mi marido asomándose, y sin decirnos nada nos pusimos en concierto, uno miraba de un lado de la calle, el otro del otro, y mientras tanto eran feas las noticias en las redes, mi marido pegado a su teléfono, que los antimotines salen del cuartel de policía en bandadas, que andan ahora con tractores buscando quitar las barricadas, que los francotiradores están apostados en la torre de

San Jerónimo, que están entrando por veredas del lado de la laguna los paramilitares. Y oíamos tronar las balaceras. Y mi niño que no regresaba, el almuerzo en las cazuelas, y no regresaba.

Dice entonces mi marido, ya muy preocupado: esos chavalos, muy seguro, se aventuraron fuera del barrio y a saber dónde se quedaron entrampados. Se va donde el papá de Nicolás, se auxilian los dos con una gente del vecindario y agarran primero por rumbo de la carretera a Granada. Vuelven a la hora. En la barricada del restaurante Tip Top no están, tampoco en la del Maxi Pali. Y deciden entonces adentrarse para el centro de Masaya, allá por la parroquia de la Asunción, por el mercado viejo, por la iglesia de San Miguel. Les cuesta avanzar, van asomándose en cada esquina antes de dar el siguiente paso. Y muy al rato vienen otra vez de vuelta. Nada. Les dicen que los vieron en una barricada, luego en otra, pero señas ciertas, ninguna; pueden ser simples decires, suposiciones, confusión de una cara por otra.

Y mientras tanto yo, cada vez más acongojada, lo que hice fue coger cama, me acosté con una aflicción que era como un peso mortal encima mío, oprimida como si me pasara en el pecho la rueda de una carreta de bueyes, y otra vez se va mi marido a la búsqueda, a repasar los mismos rumbos, y yo ya ni cuenta llevo de cuánto se tarda esta otra vez.

Y, en eso, desde el aposento donde estoy reclutida, oigo que alguien grita de lejos, pero muy lejos, en la calle, con una voz como borrada en una neblina: ¡mataron a Pollito!, ¡mataron a Pollito!, y yo creo que es que me he dormido y estoy oyendo esa voz en sueños. Me incorporo, como sonámbula. Ya es de noche, y estoy como perdida en la oscuridad. Pero luego la voz ya está en la puerta y vuelve a gritar lo mismo: ¡mataron a Pollito!, una voz rajada que me ofende los oídos, un grito como salido de una boca que ya nunca nadie va a poder cerrar.

Y salgo a la carrera hasta la puerta tropezando con una silla, con la esquina de una mesa, ni se me ocurre encender la luz, ya es una congregación de gente la que hay en la acera, y alguien me dice que es por San Miguel donde ocurrió el suceso, no sé, Dios mío, cómo gracias a tu misericordia aparece una caponera, me subo, arranca, salimos del barrio, ¿este chunche no puede ir más rápido?, le pregunto al muchacho que manejaba, vamos a la mayor velocidad, madre, me contesta, pero tengo que desviarme para meterme por donde no haya barricadas, no nos vayan a disparar. No debe ser él, me voy diciendo yo en mis adentros, qué locura es esa, qué invenciones se le ocurren a la gente, por qué me dejo llevar por falsas informaciones, y si acaso lo hirieron, no es que esté muerto.

Hasta aquí no más puedo llevarla, madre, me dice el muchacho de la caponera, y me deja por allí, cerca de la farmacia Praga. Camino por esa avenida del centro donde están las casas comerciales, lo que veo son ripios, escombros en el pavimento, más adelante una barricada desbaratada, paso frente a El Gallo más Gallo, ya le conté de su abanico celeste comprado en abonos, todo aquello hierve de policías de negro, de enmascarados con escopetas, con rifles pesados, no sé de dónde saco valor para seguir avanzando, las puertas del mercado viejo trancadas, como si no las abrieran desde hacía un siglo, un grupo de antimotines con sus escudos y sus cascos en cada umbral, pregunto, voy preguntando, alguien saca la cabeza por una puerta entreabierta, nadie sabe nada, nada me dicen, hay un niño herido que lo tienen en la iglesia de San Miguel, oigo que me susurran en la siguiente puerta y la vuelven a cerrar, y así voy andando hasta que ya estoy en el parque de San Miguel, llego a la iglesia, el padre Edwin me sale al encuentro, va a decirme algo, hace el intento de abrazarme pero yo corro, mi niño está tendido en una camilla en el piso debajo del cuadro de la Virgen de Guadalupe, me arrodillo, le digo que se despierte, que se levante, que ya nos vamos, que he venido a traerlo para que coma, ya se le pasó el almuerzo, ahora será su cena, miro el gran hueco de la bala en su pechito que lo tiene descubierto, me lo han acostado en la camilla sin su camisa, el padre Edwin ya está junto a mí, siento sus manos en mis hombros, lo oigo que está sollozando mientras mis ojos siguen secos, una voz de alguien que no conozco dice desde más atrás que mi niño suplicó por su vida y aun así le dispararon, y lo que siento antes de ningún dolor es rabia, la espina de la rabia es más aguda que la espina del dolor, más enconosa, y pienso ahora de nuevo lo que pensé entonces arrodillada frente a mi niño, que los que hicieron todas esas matanzas no tienen corazón ni entrañas.

Por lo que pude saber, él estaba ayudando a vigilar unas barricadas por el lado de la iglesia de San Miguel, hasta aquí había venido a dar solo, porque Nicolás se quedó en el camino, o se devolvió, no sé; y cuando se les vinieron encima los policías, sería entre las cinco y las seis de la tarde, él y varios otros chavalos corrieron a meterse en el mercado viejo, ese que se quemó y después lo restablecieron para volverlo mercado de artesanías típicas, pues no sé cómo hallaron una puerta abierta y entraron a refugiarse; había una mujercita entre ellos, de nombre Isabel, y cuando los paramilitares enmascarados que los perseguían los descubrieron agazapados en un tramo de venta de una de las galerías del mercado, empezaron a golpear a la Isabel, a patearla en el suelo, y entonces mi niño, muy hombrecito, se adelantó a reclamarles, dejen de golpearla, hombre, si ella no les está haciendo nada, que no ven que es mujer, y entonces más bien arreciaron las patadas contra la niña a más no querer, y él, siempre en su terquedad, buscando interponerse, hasta que uno de los enmascarados dijo: vos por qué te metés chavalo hijueputa, y lo agarró y lo arrastró jalándolo de los bracitos hasta la calle.

Y ya está en media calle cuando se aparece uno que anda de jefe, se sabe que es jefe porque los demás se apartan a su paso, va vestido de negro, la cara descubierta entre todos los demás que andan enmascarados, se acerca con la pistola en la mano, y quién es ese hombre sino el teniente Abimael, mi niño cuando lo ve que lo apunta pone las rodillas en tierra y así arrodillado le hace una súplica: «¡Vos me conocés!, ¡no me matés!». Y como que estuviera sordo. Le dispara a quemarropa en el pecho, y me lo mata.

Había muchas barricadas todavía cuando el entierro de mi niño y el ataúd pasó por encima de ellas, lo traspasaban de manos de un lado al otro de las barricadas, y la gente del cortejo desfilaba por un callejón que les abrían entre los adoquines. «¡Brandon Gaitán Pavón! ¡Presente!», se oía gritar al gentío cuando avanzábamos de barricada en barricada hasta el cementerio de San Carlos. Una estación en cada barricada, como en el viacrucis. La gente cantaba el himno nacional y coreaba el nombre de mi niño, y después seguíamos. Estallaban los morteros. Y yo sentía que tenía lágrimas suficientes como para un siglo.

Ya habíamos llegado al cementerio cuando alguien avisa que venían los antimotines, y entonces muchos salieron corriendo sin fijarse que pasaban encima de las cruces de las tumbas, botándolas, y que se llevaban entre los pies los tarros de flores ya secas dejadas por los deudos. Yo no. A mí, que me mataran. Sería la segunda vez, porque al matar a mi niño me habían matado a mí también.

Se aparecieron un día aquí en la casa sus compañeros del equipo de futbol, a notificarme que se habían convocado en asamblea para tomar la resolución de ponerle su nombre a la cancha donde siempre jugaban. ¿Cancha Brandon Gaitán va a llamarse?, pregunté. No, cancha Pollito, dijo el capitán del equipo.

Quedó enterrado junto a su abuelo paterno, que era filarmónico, y un tío que murió ahogado en la laguna de Apoyo hace años. Lo primero que hago al levantarme, sin desayunar ni nada, cuando todavía está oscuro, es coger camino del cementerio.

Ya no están las barricadas en la calle. A los muchachos que las resguardaban los andan cazando ahora de casa en casa los enmascarados como si fueran alimañas, si es que no los han matado, o si es que no se han ido huyendo para Costa Rica.

Mi devoción es arreglarle sus flores, aporcarlas, regarlas, quitar la hierba mala. Aún está el túmulo de tierra mientras se le hace su tumba de cemento. Le hemos puesto en la cabecera una cruz de madera con unas sartas de sacuanjoche colgadas. Es en lo primero que me fijo, a ver si están secas, y si es así, se le cambian. Y sobre el túmulo hay toda clase de flores, jalacates, dalias, conchitas, nomeolvides. Esa tumba quiero que sea como un jardín.

Cuando voy para el cementerio, y cuando vuelvo, me los encuentro al paso, merodeando, todos vestidos de negro. Una Hilux me sigue despacio. Veo a otros en las esquinas con sus armas, vigilando. Yo no les doy la cara. Paso al lado de ellos con mi balde de plástico, mi azadón, y no les doy la cara.

En esta salita donde él se sentaba a estudiar le hemos levantado su altar con su foto, la de toga y birrete que ya le mostré, de cuando se graduó en la primaria. La medalla de goleador que le pusieron sus propios asesinos. Su diploma de graduación. La estampa del Corazón de Jesús. Un adoquín, que representa la barricada que estaba ayudando a defender ese sábado. Las veladoras. El vaso de agua para que su espíritu venga a beber cuando tenga sed.

2019

112

Amanecer desde una ventana

Ese día preguntaremos al infierno: ¿está lleno?
Y el infierno nos responderá: ¿hay alguien más para mí?
Corán, sura 50

Cada vez que la enfermera entra llevando su carrito y enciende la luz, Lady Di recoge las piernas y se incorpora buscando asentar los pies en el piso como si quisiera huir, así descalza, arrastrando consigo las sábanas, y solo empieza a sosegarse cuando oye a su lado aquella risa tranquila de registros graves, pausada, complacida, y siente sobre la frente la tibieza de la mano oscura que huele a gel de alcohol, pero su ojo asustado no deja de mirar ansioso, de reclamar, de dudar; el ojo sano, porque el otro, bajo la venda, ha sido operado, la retina desgarrada a causa de una patada.

Y llora. Ahora llora menos, pero siempre el llanto pugna en su boca como un vómito seco del que solo queda el sabor amargo de la bilis, un llanto que no enturbia sus ojos, no los moja de lágrimas, no le llena de mocos las narices. Un llanto que solo se queda en sollozos, una tormenta que se arremolina en el pecho y que no tarda en estallar en su boca desdentada porque también perdió dos incisivos y un canino, de otra patada.

No es la celda pestilente donde nunca se sabía si era de noche o era de día, allá en Managua, sino el cuarto del séptimo piso en el hospital México en San José; la voz sosegada, la mano en la frente se lo confirman. Debajo de su ventana la oscuridad comienza a despejarse, crece la intensidad del tráfico en la autopista General Cañas, furgones de mercancías, autobuses iluminados con pocos pasajeros dispersos en los asientos, camionetas de carga, motos, taxis en viaje al aeropuerto, faros de ida y vuelta, el rojo rubí de las luces traseras.

Una franja tenue tras las gasas de la cortina, primero rosa y luego amarilla, se prende en el filo de las cumbreras de los techos de zinc pintados de rojo que se extienden en la distancia del barrio la Uruca entre bodegas, garajes de autobuses, cubos de edificios que parecen nunca terminados, postes de luz, transformadores, la maraña de alambres eléctricos, cisternas elevadas, antenas parabólicas, vallas publicitarias; y ahora, la luz grisácea que se esparce va dejando ver el estrecho clóset donde no hay nada suyo en las perchas de plástico, el sillón de extensión forrado de vinilo, la pequeña pantalla negra y plana del televisor empotrada en la pared celeste, el asta de la bolsa de suero al lado de la cabecera de la cama, las sábanas bajo las que se alza el promontorio de sus piernas recogidas.

Lady Di. Le pusieron ese nombre porque al empezar a peinarse como mujer escogió el estilo pixie de la princesa de Gales, un corte retro de cabello, según había leído en *Cosmopolitan* en español, desaliñado en apariencia y a la vez chic, que volvía de los finales del siglo veinte, cuando ella era apenas ¿un niño, una niña?

Como Lady Di concursó en la gala Drag Queen del año 2013 en la discoteca Coco Jamboo en Ma-

114

saya, y la suma de su puntaje en el desfile de pasarela, tanto en traje de noche como en traje de baño, en porte y figura corporal, y en respuestas a las preguntas del jurado, la colocó a una distancia enorme de las otras concursantes y se llevó de manera espectacular el cetro y la corona, esa foto de su coronación que arrancaron del marco y le hicieron comerse a pedacitos, de rodillas en el piso de su salón de belleza unisex en el barrio Carlos Marx de Managua. Lady Di se llamaba también ese salón de belleza.

La enfermera se llama Anne Sinclair, y es del pueblo de Matina, cercano a Puerto Limón. La llaman Miss Sinclair. ¿Miss? ¿Me? Funny treatment for a fucking sinner, se ríe ella con esa su risa galante y sabrosa a la que no pone prisa para que Lady Di se ría también. Miss cabe bien a las mujeres que han sabido mantener las piernas bien juntas, dice y se azota las caderas. ¿But me? ¿Y Pancho Hooker, sweetheart? Y los otros tres que pasaron por esa cama mía, ¿acaso no cuentan?

El relato de Lady Di es desordenado, a retazos, cada vez algo nuevo que no ha contado, o ha contado a medias, o la repetición, en palabras diferentes, de algo que ya contó, fragmentos que hay que juntar; y si no es por Miss Sinclair, que los pone en orden en su propia cabeza, no será fácil encontrarles una ilación.

Miss Sinclair reconstruye el relato sustituyendo, sin ponerse a pensarlo, ciertas palabras de Lady Di por otras que se hallan ya en su cabeza a consecuencia de su formación profesional de enfermera: ano, genitales, testículos. O frases enteras: desgarramiento del recto a causa de la penetración violenta por medio de un instrumento metálico, probablemente el cañón de un fusil. Desfloración del ano.

No es fácil para Miss Sinclair la tarea, porque no hace apuntes. Por ejemplo: el momento en que a Lady Di le metieron en la cabeza la capucha de lona que se cerraba por el cuello con un lazo. ¿Fue cuando la sacaron de su casa en el barrio Carlos Marx, donde tenía en la pieza delantera el salón de belleza, para subirla a la Hilux? ¿O cuando la confinaron en el cuarto de aperos de la finca cercana a Mateare, hacia el occidente de Managua, donde el comandante Lagarto, dueño de una escuela de equitación, tenía las caballerizas, los establos, el picadero, los paddocks? ¿O fue después, en El Chipote, la prisión preventiva al borde del cráter de la laguna de Tiscapa, donde la sometieron a los interrogatorios? El mismo comandante Lagarto la llevó, al volante del jeep que arrastraba el remolque de caballos donde iba ella, la cabeza contra el piso cubierto de zacate seco y amarrada de pies y manos con una sola cuerda de nylon, los paramilitares enmascarados con pasamontañas de pie, guardando el equilibrio, apuntándola con el cañón de los fusiles.

El pabellón de su oreja se ilumina de rojo cuando Miss Sinclair le acerca el termómetro. Va entrando en sosiego. Ella misma ofrece el dedo para que le coloque el medidor de saturación de oxígeno, y luego el brazo para que lo envuelva en el brazalete del tensiómetro; el rito de cada madrugada, de cada media mañana, de cada mediodía, de cada atardecer, de cada noche, al que termina entregándose, por fin, cuando ya ha salido de la hondura de aquellas aguas sombrías en las que entra bajo el peso de

116

los somníferos, las profundidades donde brilla la bujía atornillada al techo y ella está desnuda, de rodillas, recogida en sí misma, embarrada de mierda, y el comandante Lagarto le busca las costillas, los huevos, el culo, para clavarle a distancia el chuzo eléctrico de tiro largo, como los que se usan en los mataderos, y así no embadurnarse, un ardid fracasado untarse el cuerpo en su propia mierda chirre pensando que así tendrían asco de acercársele y cesarían las patadas, los golpes en los oídos, las descargas del chuzo eléctrico, la inmersión en la pila de agua de donde la sacan cuando están a punto de estallarle los pulmones.

Había un sumidero en una esquina de la celda para cagar y mear, un hueco hacia el que se arrastraba a gatas cuando sentía la necesidad, estuvieran o no los torturadores que a veces atestaban la celda, el pudor ya lejos, solo un recuerdo distante de su vida pasada, y la voz con un deje de campesino segoviano del comandante Lagarto: ¿Vos sos huevón, sos maricón, sos hombre, o qué puta es lo que sos? Tenés verga por lo que veo, y te cuelgan los huevos, ¿entonces qué es ese mate tuyo de creerte mujer?

Recuérdeme quién era ese comandante, le dice Miss Sinclair después de haber tachado de su mente todas aquellas groserías y sustituirlas por micción, deposición, materia fecal: era un comandante de los que fueron guerrilleros en la revolución, tendrá sesenta y tantos años, la barriga le desborda encima del cinturón de baqueta, anda siempre acatarrado, el cuello envuelto en una toalla, no se quita nunca el sombrero ranger, usa botas jungla y va vestido de camuflaje del desierto, a los lados de la boca le bajan las guías de un bigote tipo Fu Manchú, y es dueño de esa escuela para aprender a montar en Mateare, y también de fincas de ganado, siembra maní, aguacates de exportación, tiene una flota de buses, un casino en Managua, no sé qué más tiene, y cuando las manifestaciones de protesta fueron creciendo y se llenaron las esquinas de barricadas y se levantaron tranques en las carreteras, apareció él en el Canal 4, que es uno de los canales oficiales, una canana de tiros cruzada en el pecho, un fusil Dragunov en ristre, llamando a los combatientes históricos a defender las conquistas revolucionarias, son ellos o somos nosotros, si nos dejamos nos van a matar todos esos burgueses reaccionarios, imperialistas y vendepatrias que buscan dar un golpe de Estado. Un Rambo viejo que tose desgarrando flema mientras te interroga.

Aquel fue el santo y seña para que empezaran a salir a las calles las caravanas de Hilux atestadas de paramilitares enmascarados a tomar por asalto las ciudades donde había levantamientos: Jinotepe, Masaya, León, Matagalpa, Managua. Los francotiradores disparaban desde la azotea del estadio de beisbol que acababan de inaugurar en Managua con plata de Taiwán, cazando a mansalva a los estudiantes que se habían atrincherado dentro de las universidades cercanas, la Universidad Centroamericana de los jesuitas, la Universidad Nacional de Ingeniería; empezaron a desbaratar las barricadas con bulldozers, adelante las máquinas y detrás los enmascarados por decenas disparando, y a los que custodiaban los tranques en las carreteras, porque había muchas carreteras cortadas, allí mismo los ajusticiaban.

¿Qué hacía ella para entonces?, le pregunta Miss Sinclair mientras regula el goteo del suero. Lady Di salía a ofrecerles agua, gaseosas, algún bocado de comida a los muchachos del barrio Carlos Marx que habían levantado las barricadas de la pista de la Resistencia, eran cuatro, cinco barricadas cortando la pista, pero sobre todo se hallaba muy activa en las redes, dándole forward a las denuncias en Facebook, en Twitter, usando el WhatsApp, muertes, capturas, golpizas, los ataques de los antimotines, el asalto a las viviendas buscando sospechosos, entraban las tropas especiales de la policía, de negro como los zopilotes, y desbarataban todo, se robaban todo. Hasta que le tocó a ella.

Para Miss Sinclair, quienes son capaces de atrocidades semejantes son los malvados, y punto. Viven del otro lado de la frontera, no los conoce, y nunca los conocerá, no, thank you, sir, seres capaces de torturar a alguien indefenso, cometer la brutalidad sin nombre de meterle el cañón de un fusil en el recto. Y esto que aún no lo ha oído todo, ya sabrá del incendio de la fábrica de colchones y colchonetas.

No le interesa saber que el comandante Lagarto luchó una vez contra la dictadura de Somoza. Que arriesgó su vida para salvar a un compañero guerrillero en pleno combate. Eso la distraería de la rabia y el disgusto que siente cada vez que escucha a Lady Di volver sobre sus padecimientos en manos de aquellas bestias. ¿Y si tuviera una esposa ese maldito? ¿Y si la vio morir tras una enfermedad penosa, cáncer en los ovarios, y si todavía la llora? Debe tener hijos ya maduros, nietos. Hace el papel de abuelo y los domingos los lleva a montar a su finca. Si alguno de ellos se enferma, él mismo va a la farmacia a comprar la medicina, y si otro padece de asma lo traslada al hospital en su jeep, ese mismo jeep al que engancha el remolque de caballos donde ha conducido a Lady Di a la cárcel, al cuarto de tortura.

Y los demás, enmascarados con pasamontañas, que son seguramente más jóvenes, ¿tienen novias, vecinos de su edad con los que se juntan a tomar cervezas, juegan billar, ven juntos los partidos del Barça y el Real Madrid en la televisión?

A uno de ellos, al que ha empuñado el fusil cuyo cañón ha entrado en el recto de Lady Di desgarrándole los tejidos intestinales y causándole una copiosa hemorragia, le avisan que acaba de morir su madre, atropellada tras bajarse de un bus de pasajeros en el barrio donde sirve como empleada doméstica. No acierta a apagar el celular el muchacho, se le cae al piso, las lágrimas le dificultan encontrarlo, permiso, comandante, acaban de accidentar a mi mamá, la están trasladando al hospital en una ambulancia, parece que ya va muerta, solicito permiso.

¿And so what? Ni le va ni le viene que el comandante Lagarto saque su celular para fotografiar a sus nietos mientras compran algodón de azúcar a un vendedor callejero con el billete de veinte córdobas que él les ha dado, ni que su subalterno, raudo en su moto, vaya camino del hospital donde su madre está siendo depositada en una gaveta de la morgue.

Después oirá de un joven oficial que se corta el pelo al estilo fringe, usa agua de colonia Hugo Boss. Atildado, cortés, pulcro. Sus camisas las da a alistar en una dry cleaning. Estudia en cursos sabatinos para sacar su título de abogado, y es fan perdido de Elisabeth Moss, no se pierde la serie *El cuento de la criada*. Se comporta sin violencia ni exabruptos en los interrogatorios porque sabe bien cuál es su papel. La tortura les toca a otros. A él le corresponde persuadir al reo para que firme al pie de la última hoja de la confesión, y que encima le quede agradecido por el buen trato.

La fábrica artesanal de colchones y colchonetas Buen Pastor del barrio Carlos Marx quedaba frente al salón de belleza Lady Di, entre la ferretería El Rey y un solar vacío con un palo de mango solitario sembrado cerca de la acera. Cuando le pegaron fuego a la fábrica, Lady Di fue testigo del hecho. No es que se lo contaran. Y eso le ha costado lo que le ha costado.

Era una casa de tres pisos. En los dos de arriba vivía la familia Campos. Allí tenían su sala, su comedor, sus dormitorios. Y en el de abajo, a ras del suelo, la fábrica, donde todos, padres, hijos, sobrinos, trabajaban. Los policías y los paramilitares, que andaban operando juntos para entonces, querían poner francotiradores en la azotea para cazar a los muchachos de las barricadas levantadas en la pista de la Resistencia.

Rodearon la casa muy de mañana, exigiendo que les abrieran la puerta, pero don Abraham Campos, el propietario, dio orden de que no los dejaran entrar bajo ningún punto, un hombre pacífico, pastor protestante de la Iglesia Fuente de Vida. Entonces, esa negativa los llenó de furia, y empezaron a disparar contra las ventanas del primer piso, quebraron los vidrios a balazos, lanzaron cocteles molotov y los colchones y colchonetas ardieron en instantes junto con los materiales, las telas para forrar, las láminas de hule espuma, la estopa de algodón para el relleno; y el fuego arrasó también con las máquinas.

Las bocanadas de humo negro se espesaban elevándose por encima del techo, las llamaradas subían rapidísimo y alumbraban las ventanas del segundo piso, llegaban al tercero, el fuego estaba cocinando vivos a todos los que estaban adentro, se oían las voces clamando, las toses de asfixia, y los policías y los enmascarados que cercaban la casa no dejaban acercarse a los camiones de bomberos, les advirtieron a los choferes que apagaran las sirenas o les disparaban, y entonces, en el balcón del segundo piso apareció Javier, un sobrino de don Abraham, había logrado salir rompiendo los vidrios de una ventana, se encaramó en el balcón y se lanzó a la calle, y lo mismo hicieron al rato Cynthia, la hija del dueño, y Maribel, su sobrina, fueron ellos tres los únicos que sobrevivieron, y apenas cayeron en la acera, atosigados de humo, se levantaron y corrieron a meterse en la casa de un vecino, y, vaya milagro, los policías y los paramilitares no les estorbaron la carrera.

Se fueron por fin los asaltantes en sus camionetas Hilux después que recibieron por radio la orden de levantar campo, y entonces pudieron entrar los bomberos, tardaron en apagar las llamas con las mangueras y lograron sacar los cadáveres, negros como tizones, que colocaron enfilados en la acera, don Abraham, su esposa doña Maritza, su hijo Alfredo y su esposa Mercedes más sus dos niñitos,

Daryelis, que tenía año y medio, y Matías, que tenía cinco meses.

Empezaron las televisoras y las radios oficialistas a decir que la casa la habían incendiado los terroristas de derecha, pero Lady Di no solo lo había visto todo. Lo había filmado con su teléfono desde detrás de la ventana del salón de belleza. Subió de inmediato el video a su cuenta de Facebook y se volvió trending topic, una lluvia enloquecida de reproducciones. Ya no podían desmentir nada.

Miss Sinclair escucha otra vez a Lady Di al tiempo que le soba la espalda buscando sosegarla: no había pasado el mediodía cuando la cuadra volvió a llenarse de Hilux porque llegaron a capturarme, un gran operativo militar, y no solo me cogieron presa a mí, también a mi marido, Arnulfo, que es chofer de taxi, quebraron a patadas la cama donde estaba descansando del turno de medianoche, y allí en el piso, entre los restos de la cama, le abrieron la cabeza de un culatazo, esposado con un amarre de plástico lo sacaron en calzoncillos a la calle y se lo llevaron, nunca supe para dónde, hasta el día de hoy desaparecido, nadie dio ni da cuenta de él.

A mí me tenían ya esposada también, en cuclillas contra una pared, y el comisionado que los mandaba a todos dijo que iban a catear la casa y también el salón de belleza en mi presencia, para que después nadie dijera que se habían robado algo. Todo aquello no era más que burla, porque lo que hicieron fue precisamente destruir y robar. En el dormitorio, donde quedaba la cama hecha pedazos, descolgaron del clóset todas las piezas de mi vestuario y las acarrearon a brazadas, mi traje vaporoso de la noche de la coronación, mis vestidos de fiesta, y las camisas de mi marido, sus pantalones, no había nada que no fuera fino porque yo le escogía sus prendas.

Pero el ensañamiento peor lo tuvieron con el salón de belleza, allí sí fue Troya, empezando por la quebrazón de espejos, arrearon con las existencias de productos en venta que se exhibían en una vitrina, cremas faciales, lociones corporales, accesorios de maquillaje, esmaltes de uñas, pestañas postizas, junto con todo lo que hallaron en gavetas y anaqueles, el stock de shampoos, acondicionadores, tintes, tónicos capilares, y lo mismo los pinceles, brochas, pinzas, mascarillas, frascos de químicos para alisado y rizado, y no perdonaron las palanganas lavacabezas, los peines, los cepillos, las tijeras, las navajas, las cizallas, metían en costales las capas de nylon, las toallas, los accesorios para cortar, teñir y lavar el cabello, y ya no se diga las tres sillas reclinables marca Maletti que arrancaron de sus pedestales por el puro gusto de destruir, y las tres secadoras de pelo Costway, desbaratadas, la lámpara de luz UV, arruinada.

Me subieron a la tina de una Hilux en medio de aquel operativo tan imponente, haga de cuenta que era yo la peor criminal jamás vista en la tierra, que ni el Chapo Guzmán me igualaba; arrancó la caravana rumbo a Plaza del Sol, donde está el cuartel central de la policía, pero cuando llegamos y abrieron el portón para dar paso a los vehículos, la Hilux que me llevaba a mí siguió de largo hacia la rotonda Rubén Darío y de allí agarró por la pista Juan Pablo II. Atravesamos Managua hacia occidente y cogimos el empalme de la carretera vieja a León, pasamos Ciudad Sandino y antes de Mateare dejamos de pronto la carretera para meternos en un camino de tierra buscando Chiltepe, y de pronto estábamos ya en la soledad, adónde vamos, qué quieren estos, no sea que vayan a matarme y tirarme ya muerta en una zanja, es la última vez en mi vida que veo este paisaje, esos zacatales, aquellas lomas peladas, todos esos jícaros sabaneros, aquel guarumo coposo, ese cerco de alambre, nunca voy a saber cómo es que se llamaban esas montañas que se ven azulosas más allá de la costa del otro lado del lago. Hasta que nos topamos con un gran caballo de cemento asentado en las patas traseras sobre un pedestal delante de la entrada de la finca hípica, y en las caballerizas el comandante Lagarto esperándome con su cortejo de sicarios enmascarados.

La hicieron desnudarse dentro del cuarto de aperos, la obligaron a ponerse de rodillas, todos riéndose porque debajo del jean llevaba un blúmer mínimo ciclamen y un brasier rojo Victoria's Secret, y uno de ellos se abalanzó a arrancarle el brasier relleno de esponja en las copas, este hijueputa engaña con esas tetas postizas y el buen culo que tiene, dijo el comandante Lagarto, te lo encontrás en un antro y después de media docena de bichas le metés mano y te sale que el trompo tiene puyón.

No ando en antros, no soy puta, tengo mi varón, reclamó ella. Altiva, intacto su orgullo todavía, pero allí mismo se estaba dando cuenta que gastaba saliva de balde porque el comandante Lagarto, que la miraba de soslayo, arrugó el entrecejo de manera burlona, y de pronto le dio una soberana patada en la boca.

Fue entonces que perdí los dientes, los tres que me faltan, se señala Lady Di la boca. Te los van a reponer, dice Miss Sinclair, quedará preciosa tu dentadura, viene anotado en la epicrisis, emitirán la orden a servicios odontológicos. Pero no es eso lo más urgente, lo primero es el ojito, después los doctores irán viendo.

No estás aquí por anormal, porque te guste que te den por el culo, ya que bicho para que te la metan de todos modos no tenés, estás aquí por subversivo, por andar metido en esas hordas que siembran el caos, cabrón mentiroso, mal agradecido, que inventás mierdas en las redes. Un tufo a orines y estiércol, el olor a zacate recién cortado, el resoplido de los caballos en las cuadras, de repente un relincho.

Más te conviene cerrar las tapas, pensó ella, estar contradiciendo a este viejo fanático es puro suicidio, te van a dejar sin dientes, te van a quebrar la vida. Pero, en contra de ella misma, apartando la mano de la boca ensangrentada, alzando la voz, contestó: ¿cuál mal agradecimiento? No le debo favores a nadie, vivo de mi trabajo, ¿y cuáles son mis mentiras? ¿Acaso miente el video donde sale cómo ustedes le pegaron fuego a la casa?

Y entonces la punta acerada de la bota del comandante Lagarto volvió a alzarse y le dio en el pómulo, cerca del ojo, fue esa la patada que le desgarró la retina, y cayó de rodillas con el impacto: ideay, resultó bujón el muy hijueputa, ¿te parece poco lo que has andado haciendo, cochón pendejito?, ya voy viendo qué gobierno quieren poner todos estos vándalos degenerados, un gobierno rechivuelta de lesbianas, maricones, travestistas, qué alegre todo, en qué manos íbamos a quedar. Vamos para el Chipote. Vístanlo.

No. No sabe cuántos días pasó en la celda de castigo. Semanas. No lo sabe porque lo que es la luz no la apagaban nunca y la celda no tenía ventanas, de manera que si amanecía o atardecía eso pasaba en otro mundo. Y cuando la sacaban de allí era para los interrogatorios, en un cuarto que tampoco tenía ventanas. Además del chuzo eléctrico y las patadas, la agarraban a trompones, la metían en una pila hasta que estaba a punto de ahogarse, le martillaban una pistola pegada a la cabeza, y si empezaba a dormirse, acostada en el piso, la despertaban con una descarga del chuzo en el tórax. Y entonces se siente como si el corazón se te va a salir del pecho y te va a explotar. Como si te va a dar un infarto monumental.

Una vez de tantas la bañaron con una manguera, la vistieron con un uniforme de color celeste, como un pijama, le pusieron la capucha, dos custodios la llevaron agarrada por los brazos, se oían voces de mando, se abrían y se cerraban puertas, y cuando le quitaron la capucha estaba en una oficina con aire acondicionado donde todo lo que había era un escritorio pequeño, con dos silletas enfrentadas. Las paredes de ladrillos sin repello, pintadas de cal, reflejaban la luz que entraba por una ventana que daba al cráter de la laguna de Tiscapa. Se quedó extasiada contemplando los montarascales en el borde del cráter azotados por el viento, los vehículos que, en silencio, como si se hubiera apagado todo ruido, bordeaban el bulevar al otro lado de la laguna invisible en el fondo, las nubes deshilachadas que pasaban lentas en el cuadro de la ventana.

Entró el oficial con el pelo cortado al estilo fringe, y la colonia Hugo Boss ella podía olerla a la legua. Muy educado, muy cortés. Se sentó al escritorio y le indicó la silleta al frente. ¿Tenía hambre? ¿Tenía sed? Y sin esperar respuesta fue a asomarse al pasillo y ella escuchó que daba una orden. Al rato trajeron una Burger King doble con un cucurucho de papas fritas y un vaso gigante de Pepsi-Cola. Y mientras la veía comer con voracidad, los dedos embadurnados de mayonesa y salsa de tomate, bajó la voz a un tono confidencial para decirle que él, en lo personal, no estaba de acuerdo con esos procedimientos de interrogatorio.

Ella seguía afanada, metiéndose con cuidado la comida en la boca, evitando lastimar la encía donde faltaban los tres dientes, sorbiendo entre los labios entumidos la pajilla ensartada en el vaso de poroplast. Y lo siguiente que el oficial le dijo, siempre en tono confidencial, era que estaba en manos de ella irse a su casa hoy mismo, volver a su vida normal de antes; ellos buscaban que se restableciera la normalidad en el país, que la gente regresara a sus trabajos. ¿Cómo sería eso?, preguntó ella después de tragar el último bocado, de acabarse el vaso de Pepsi, después de chuparse de los dedos la mayonesa, la salsa de tomate, después de buscar afanosamente en el cucurucho si aún quedaba algún resto de papas fritas.

Él sonrió: sencillo. Firmás aquí, al pie de la última hoja, eso es todo. Y puso un legajo frente a ella. ¿Y qué dicen esos papeles?, preguntó, vea cómo tengo mi ojo, no puedo leer bien. Pues la verdad: que quien te encargó difundir el video falsificado, hecho en base a alta tecnología digital, fue el consejero político. ¿Cuál consejero?, no sé nada de ningún consejero, dijo ella. Él volvió a sonreír. No te vale hacerte la inocente, no me vas a decir que no conocés al consejero político de la embajada de Estados Unidos, que nunca has estado en su oficina para recibir instrucciones. Nunca he estado en esa embajada más que para tramitar una visa que ni me la dieron, dijo ella. Pero si fue él quien te entregó el pago por tus servicios, sabemos que fueron diez mil dólares, te los dio en efectivo, en un sobre de manila.

El pómulo inflamado, el ojo hecho un cuajarón de sangre que le punzaba, los labios como de trapo, la encía de donde le habían apeado los tres dientes que no dejaba de sangrar, las costillas descalabradas, los huevos ardidos por las quemaduras del chuzo eléctrico parecieron ponerse de acuerdo en aquel momento para elevarse en un solo dolor, agudo, insoportable.

Solo me tenés que firmar donde está la línea punteada, arriba de tu nombre, reconociendo todo eso, después filmamos un video donde aparecés explicando los mismos conceptos de la declaración, y te mando a dejar a tu casa. Pasan antes por Galerías, para que comprés ropa nueva, cortesía de la casa. Ropa de mujer, como es tu gusto. Nadie va a volver a molestarte. Eso te lo prometo, y se cumple. ¿Así como estoy, con el pómulo morado, el ojo como una rendija, chintana, los labios gruesos que ni los siento, así me van a filmar? Bueno, respondió el oficial, y la sonrisa le iluminó la cara, es cosa de maquillarte bien, y que no abrás mucho la boca.

Mejor mándeme a dejar a mi celda, dijo ella. Él la miró con cara incrédula. Estás perdiendo la oportunidad de tu vida, no seas terco, una vez que volvás a manos de esos salvajes que te interrogan ya no puedo hacer nada por vos. Pero Lady Di, altiva, como si caminara sobre sus sandalias italianas de plataforma en la pasarela del Coco Jamboo la noche de su coronación, iba ya camino de la puerta.

Esperame, quiero doblarte entonces la parada, dijo el oficial y le cerró el paso: nosotros te financiamos tu operación, te mandamos a Cuba, al mejor hospital, allá te convierten en lo que querés ser, ¿no es mujer lo que querés ser? La compañera Mariela Castro, hija del propio Raúl Castro, está a cargo del programa de reconversión de sexos. Le contamos tu caso, y ella te lo resuelve.

Yo vi todo lo que hicieron, contesta ella. Yo filmé ese video, yo lo subí a las redes, eso es lo que puedo declarar. Entonces que te lleve la mierda de una vez por todas, dijo él, abrió la puerta de mal modo, la devolvió a los custodios que aguardaban en el pasillo, y ella agachó dócilmente la cabeza para que le pusieran de nuevo la capucha.

A veces Lady Di amanece hosca. No es el miedo el que revive en ella al salir de las aguas sombrías adonde desciende hasta el fondo. Lo que siente es ira. Contesta con monosílabos, rechaza de mal modo la bandeja del desayuno. No tengo hambre, le dice a Miss Sinclair, llévese de aquí esa mierda. Como si yo fuera tu enemiga, le responde ella, sin dejar de acercarle la mano tibia a la frente.

Pero otras veces la recibe cordial. Madre, le dice, a como nombran en Nicaragua a las mujeres desde que van para mayores, a medio camino entre el respeto y el desdén, cuando compran verduras y frutas en la calle, cuando pagan en la caja del supermercado, cuando esperan turno en un centro de salud: tome, madre, aquí tiene sus aguacates, se los escogí hermosos. Aquí está su vuelto, madre. Tiene que coger ficha para su turno, madre.

No te he contado nunca mi vida, si yo te contara, le dice Miss Sinclair una de esas veces que la encuentra sonriente; aunque, qué diferencia, vos, con lo que te ha pasado podés escribir un libro, y lo mío apenas da para una página. A ver, socialice, le pide Lady Di, juguetona. Aquí donde me ves, metida en este uniforme blanco que me talla del trasero porque me he pasado unas libritas de peso, o porque las negras somos anchas de esa parte fundamental, y me han ido saliendo estas canitas tan graciosas en rulitos, una cabeza condimentada, salt and pepper, yo fui así como vos, delgada, my sweetie, y tenía garbo, tenía prestancia, una palmerita airosa. Y tenía sex appeal, cómo no.

Se me metió Pancho Hooker entre ceja y ceja, y mi madre en su cantinela: ese negro no te conviene, es muy viejo. Era estibador en Puerto Limón. Me robó de mi casa, el muy bandido, y me llevó para la suya. Buscó un ripio de tabla, lo lijó, lo barnizó, y con un clavo al rojo vivo fue escribiendo: Here is the Garden of Eden. Y lo clavó en la puerta. Pero el jardín del paraíso pronto se llenó de espinas. La primera vez me pegó una bofetada con la mano abierta porque no le quedó bien almidonada la camisa que se ponía los domingos para asistir al culto pentecostal. O. K., let it be. Pero la segunda vez, wait, wait a minute. Dejé muy calmada la tabla de planchar, me dirigí a la cocina, agarré el cuchillo más filoso que encontré y volví delante de él: no habrá próxima bofetada, le dije, porque antes de que alcés la mano te corto la flauta con todo y las borlas con este cuchillo y te la pongo de corbata. Se fue Pancho a la calle en camisola desmangada, sin camisa que ponerse, y yo volví con mi madre. Y se reía Miss Sinclair, como si un puñado de caramelos se disolviera en su boca.

De regreso en la celda tras su entrevista con el oficial del corte fringe, la agarraron entre todos, volvieron a desnudarla, la pusieron boca abajo contra el piso, le abrieron a la fuerza las piernas y le metieron en el culo el cañón del AK. Y tanto fue el daño y tanta fue la hemorragia que se vieron obligados a trasladarla a emergencia médica, y de allí al hospital de la policía, donde estuvo encamada cerca de un mes.

Pero más que el dolor del desgarre, como si lo que tuviera fueran brasas ardientes quemándole por fuera y por dentro; más que la imposibilidad de cagar, por el miedo de hacer fuerza; más que la tortura tan monótona de no poder moverse de la misma posición, acostada de espaldas en el catre, más que todo eso, lo insoportable era seguir viva, para qué quería la vida si la habían dejado más que desnuda violándola, como si su humanidad fuera una piel que le hubieran arrancado hasta quedar en carne viva, y ya no se sentía un ser humano sino un animal de descarte.

¿Sabés cómo terminó Pancho Hooker?, dice Miss Sinclair. Ahogado en el mar. Se apartó del grupo de hermanos pentecostales con los que participaba en un bautizo, y de pronto empezó a caminar para adentro, metiéndose en el oleaje, hasta que no lo vieron más; alguien puede hacer eso borracho, pero él no bebía, por mandamiento de su religión. Era un violento que me alzó la mano dos veces estando sobrio, y sobrio se ahogó. Si antes de la dichosa noche en que me acosté por primera vez con Pancho Hooker alguien me dice que un día me iba a alzar la mano, lo que nunca se me habría ocurrido, y que otro día se ahogaría en el mar de su propia voluntad, lo que tampoco se me habría ocurrido, yo hubiera contestado: eso solo pasa en las novelas. Life's different.

A Lady Di la trasladaron a la cárcel modelo de Tipitapa, una cárcel para hombres. ¿Y qué era ahora lo peor para ella? Que sus propios compañeros de galería, presos por rebelarse contra la dictadura, la rechazaran y le hicieran burlas soeces, según ellos muy graciosas pero que a ella la mortificaban horrores. Y en la celda vecina de la derecha había un muchacho de la Iglesia bautista, preso político también, que buscaba adoctrinarla clamando contra la sodomía: ¡quien se acuesta con otro hombre comete infamia y se consumirá en las llamas eternas! Y Lady Di gritaba de vuelta: ¡Dios no puede mandarme al infierno porque no le hago daño a nadie!

El preso de la celda de la izquierda era de oficio sastre, ese sí, tranquilo. Lograron hacerse amigos, y entonces ella se las ingenió para pasarle una hoja de papel con el diseño de un traje de su invención, pantalón, top y un chaleco. «Para cuando estemos libres quiero este vestido», escribió al reverso. ¿Y sabe qué hizo él, madre? En una visita recibe de parte de su hermana una sábana azul, y con esa sábana corta el traje, y trenzando tiras de bolsas plásticas saca el hilo para coserlo. Le quedó precioso el modelito, y lo bien que le tallaba a ella cuando se lo puso, aunque solo fuera para lucirlo en soledad.

Y entonces los carceleros, y los otros presos de la galería, empezaron a burlarse del sastre diciéndole que ahora él era mi nuevo marido; y si algún otro me pasaba algo de comida, de la que le llevaban sus familiares, se burlaban también: ahora vos la estás manteniendo, le decían, prueba de que sos su querido. Y hubo quienes dejaron de convidarme por temor a las burlas.

Luego, cuando me hicieron presentarme la primera vez delante de la jueza, me siento yo frente a ella y cruzo mi pierna, y desde el lugar donde está encaramada me ordena: siéntese como hombre porque usted es hombre, y déjese de esas pantomimas. Esa fue la jueza que me condenó a treinta años de cárcel por terrorismo, secuestro, entorpecimiento de la vía pública, robo agravado, tráfico de armas, posesión de drogas ilícitas, el mismo rosario de delitos que le aplicaban a todos los demás que habían estado en los tranques de las carreteras y en las barricadas en las calles; pero a mí me agregaron también el cargo de difusión de informaciones falsas contrarias a la paz y la concordia nacional.

Un año entero pasé en la cárcel modelo. Vino una amnistía por la presión internacional y aparecí en la lista de presos liberados. Me preguntaron dónde quería ir, y dije que a mi casa del barrio Carlos Marx. El salón de belleza lo hallé convertido en oficina del Comité de Defensa Ciudadana, y en mi casa vivía una mujer, lideresa de la sección de carnes del Mercado Oriental, que me amenazó con acusarme de invasión a la propiedad privada si volvía a aparecerme.

Enfrente, la casa de tres pisos donde había vivido la familia Campos, con la fábrica de colchones y colchonetas en el primero, seguía abandonada, sus paredes color aqua sollamadas por el fuego, las ventanas unos huecos negros.

Fui a buscar refugio en la casa de una tía en el barrio Don Bosco, que me recibió bien, pero le hicieron la vida imposible. Rodeaban de patrullas de policía la casa, fotografiaban a la pobre señora al entrar y salir, amanecían las paredes con rótulos, COCHÓN SUBVERSIVO, TE TENEMOS VIGILADO, AL PRIMER ALETEO SOS MUERTO. Entonces le dije a mi tía que mejor me iba a buscar la frontera sur, y ella, caritativa, me dio un dinerito suficiente para llegar en bus hasta Peñas Blancas, y de allí crucé por veredas hasta el poblado de La Cruz donde me acogieron como refugiada. De mi marido, ya se lo he dicho, madre, no volví a saber nunca nada.

Como todavía defecaba sangre, en Liberia los médicos decidieron mandarme aquí, a este hospital. Esa parte no necesitás repetirla, dice Miss Sinclair, está en tu expediente, está en la epicrisis. Y posa la mano sobre su frente: es hora del antibiótico.

Otra vez está amaneciendo. Ponga música, madre, pide ella. Miss Sinclair busca en su celular y sintoniza la Columbia Estéreo, a un volumen tan bajo que casi no se percibe, tanto que el ruido lejano del tráfico en la autopista por momentos llega a dominar la música. Luis Fonsi y Daddy Yankee cantan *Despacito*.

Miss Sinclair, los brazos en jarras, contempla divertida a Lady Di tendida en la cama, y el lento gorjeo de la risa grave y ceremoniosa empieza a brotar en su garganta. Se acerca, baja la baranda protectora, le extiende las manos y la alza para ponerla de pie. Ahora hace que recueste la cabeza en su hombro. Dan el primer paso buscando el compás, y escapan de caerse. Ahora son dos las que ríen, una en tono grave, la otra con un timbre más agudo, cantarino, que bien pudiera parecer alegre.

Pero todo es tan engañoso.

2019

El jardinero de palacio

> *Por último, el muñeco se recogió a sus*
> *habitaciones. En cuanto al presidente,*
> *durmió en una caja de cartón.*
>
> VIRGILIO PIÑERA, «El muñeco»

El jardinero de palacio era un hombre de sesenta años, de pocos amigos y de pocas palabras. Además de aporcar, podar y abonar las plantas, se encargaba de alimentar a los patos canadienses del estanque. Había enviudado años atrás, un matrimonio sin hijos, y por toda parentela le quedaba una hermana que vivía al otro lado de la ciudad, a la que visitaba algunos sábados.

En sus ratos libres se quedaba fumando en la covacha que el intendente general le había asignado, y cuando se acercaban las cinco de la tarde dejaba atrás las rejas que rodeaban los jardines del palacio y se dirigía al cine Aladino, en la avenida de la Insurrección Victoriosa, un cine suntuoso ya viejo, con una Venus de Milo de yeso en el foyer iluminada desde abajo con focos azules, y donde la principal atracción seguía siendo un organista vestido de smoking tropical que tocaba entre funciones música de carrousel, y cuando terminaba desaparecía en la pared lateral del escenario montado sobre una plataforma corrediza. Veía dos tandas seguidas, y era una sensación extraña pero agradable, y algo melancólica, entrar al cine a la luz del día y salir a la calle ya en plena noche, la ropa impregnada del leve olor del popcorn que flotaba en el aire acondicionado.

Alguna vez había visto al presidente pasearse por los jardines, las manos a la espalda, seguido a prudente distancia por un edecán, quien le cargaba una silla de lona plegable, como las de los directores de cine, para cuando quisiera sentarse bajo la arboleda de las acacias, a un tiro de piedra del estanque, a despachar las carpetas de oficios y decretos que el secretario privado, unos pasos más atrás, llevaba bajo el brazo.

El presidente era un hombre alto, fornido, de tez algo rubicunda, y de andar siempre altivo, como si pasara revista a una invisible guardia de honor. Y si de pronto movía la cabeza, el marco dorado de sus lentes cogía una chispa de sol.

El jardinero también era alto, fornido, de tez algo rubicunda, aunque la costumbre de agacharse sobre las plantas le había quitado hacía tiempo el andar altivo; y a diferencia de las manos del presidente, a diario bajo el cuido esmerado de una manicurista, las suyas eran toscas. Manos de jardinero. Y como aún tenía una vista de lince, no usaba anteojos.

A veces llegaba hasta la covacha una criada de cofia a buscarlo porque la primera dama solicitaba su presencia en el palacio. Se quitaba entonces el delantal de cuero y las botas de hule, se lavaba las manos y la cara en el mismo grifo del que llenaba los baldes, se repasaba el pelo con los dedos y se dirigía a la puerta de servicio disimulada en la culata del edificio.

Entraba en un túnel por cuyo techo abovedado corrían desnudas las tuberías y los cables, y subía por una escalera de caracol hasta el Salón Azul, adonde entraba por una puerta disimulada. La primera dama era una mujer de color terroso, muy delgada, con las clavículas a flor de piel, la boca siempre fruncida, y que respiraba como si suspirara. Sus lentes, en forma de alas de mariposa, colgaban de su cuello de una cadena de plata. Y porque se teñía de oro viejo el cabello con un preparado de amoníaco, en su cercanía se percibía un cierto olor a orines.

Lo requería siempre para que divirtiera a los nietos, porque antes de jardinero había sido artista de circo de aptitudes muy variadas: bailarín de rumbas, trapecista de salto mortal, prestidigitador, virtuoso de la cuerda floja y domador de leones. Su mujer, ya fallecida, era la que metía la cabeza en la boca del león.

Divertía a los niños con juegos de manos, y a veces terminaba en cuatro patas haciendo de caballito; y con el jinete de turno montado en sus espaldas, clavándole los talones en las costillas, debía recorrer la extensa alfombra azul de arabescos dorados de la que tomaba su nombre el salón.

Recostado en el mullido espaldar del asiento forrado de pana roja que huele a polvo, va en la limusina presidencial camino a la gran concentración de masas del aniversario del triunfo de la Revolución Libertadora, mientras atruenan las motocicletas que abren paso a la caravana, y las luces giratorias de las radiopatrullas de la escolta se reflejan como manchas borrosas en los cristales ahumados de las ventanillas.

Viaja al centro de la formación, cuyo principio y fin le es imposible ver, en una de tres limusinas negras, exactamente iguales, que alternan posiciones durante la marcha, todos los vehículos de la caravana con los faros encendidos en pleno día. Detrás de las limusinas va una ambulancia, y en ella tres médicos del Hospital Militar: un cirujano de tórax, un cirujano de cabeza y cuello, y un traumatólogo, que pueden hacer frente a heridas provocadas por armas de fuego o esquirlas de artefactos explosivos. Arriba, lo acompaña el martilleo de las aspas de los dos helicópteros militares que sobrevuelan la caravana.

En el asiento delantero el jefe de escolta se mantiene alerta, vigilando ambos lados de la calle con movimientos de cabeza y atento al tráfico de voces que van y vienen en su audífono de serpentina.

Una de las reglas básicas del manual de seguridad personal establece que «el objetivo», que es él, debe sentarse a la derecha en el asiento trasero, porque al primero que disparan en un atentado, cuando la caravana está en movimiento, es al chofer, y «el objetivo» no debe hallarse nunca en ángulo propicio de tiro.

De todas maneras, la carrocería de la limusina, compuesta de acero, aluminio y titanio, tiene un blindaje de veinte centímetros de grosor, capaz de soportar el impacto del proyectil de una lanzacohetes RPG-29, y los vidrios de las puertas están reforzados con cinco capas de policarbonato.

Empotrado a mitad del asiento de la limusina hay un teléfono con múltiples teclas prefiguradas. Según la tecla que pulse, responderán:

El jefe de la Oficina de Seguridad del Estado.

El secretario privado.

El jefe de la guardia presidencial.

El jefe de seguridad personal.

El ministro de la presidencia.

El comisionado mayor de policía.

El comandante general del ejército.

La primera dama.

Tiene prohibido tocar las teclas de ese teléfono. También hay frente a él un bar compacto con una hielera de electroplata y vasos de cristal cortado. Frascos de whisky, coñac, vodka. Agua Perrier. Igualmente tiene prohibido tocar esas botellas.

La primera dama había seleccionado en un sitio de internet los patos canadienses que quería para el estanque del jardín, y fueron traídos al país desde Calgary en vuelo expreso, cada uno en su jaula de viaje, con su nombre científico, su peso y dimensiones, sus requerimientos veterinarios y las especificaciones de su menú diario. El embarque constaba de:

Una pareja de ánades reales.

Una pareja de ánsares índicos.

Una pareja de cercetas doradas.

Una pareja de patos mandarines.

Una pareja de canards pompon.

El menú de los patos tenía variantes según el peso y las características de cada ejemplar, pero básicamente se componía de:

Trigo remojado.

Granos de maíz triturado.

Gluten de sorgo.

Frijol de soya.

Arroz molido.

Harina de alfalfa.

Semillas de girasol tostadas.

El jardinero era el responsable de hacer la mezcla en sus debidas proporciones.

Ocurrió la desgracia de que el canard pompon macho amaneció muerto en el estanque, y el veterinario de palacio declaró que se trataba de una intoxicación alimenticia. Al tercer día la hembra murió a causa de melancolía, de acuerdo también al criterio del veterinario.

La primera dama convocó entonces al jardinero al Salón Azul, y a gritos que se oían por todo el jardín desde las ventanas abiertas lo llamó asesino, y ordenó que lo despidieran en el acto.

Los niños para los que solía hacer de caballito a cuatro patas lloraron inconsolables, con lo que por fin ella desistió. Dispuso entonces que, a cambio, le fuera descontado de su salario el precio de los patos muertos, pero el intendente general de palacio le hizo ver que pasaría mucho tiempo, y quizás tomaría toda la vida del jardinero, antes de que alcanzara a saldar la cuenta en abonos mensuales. Y como ella estaba por partir a los lugares santos a la cabeza de una comitiva oficial, el incidente pasó al olvido, y la siguiente vez que lo llamó a su regreso del viaje fue para que divirtiera como siempre a sus nietos.

Cuando la limusina se detiene, los gritos de la multitud se encabritan entre las banderas, mantas y pancartas. El jefe de escolta agarra desde fuera la manija de la puerta, listo para abrirla, pero debe esperar que le llegue a través del audífono el aviso de que el camino hasta la tribuna se halla asegurado.

Otra regla básica del manual de seguridad personal dice que, como el diablo siempre anda suelto, debe impedirse toda posibilidad de acceso directo al «objetivo» a cualquier asesino potencial, y más si se trata de un asesino solitario, alguien que no ha conspirado más que consigo mismo en la reclusión de su domicilio para llevar adelante el atentado. Un fanático, un desequilibrado mental, no tiene más guía que la ciega voluntad de ejecutar su designio, y no hay prevención que deba desperdiciarse.

Por esa razón hay una primera franja profiláctica de diez metros delante de la tribuna, donde solo se sitúan oficiales de policía de civil, en la primera fila, y en las de atrás colaboradores de la red territorial de inteligencia, y dirigentes y activistas de los barrios, de probada fidelidad al partido. Pero aun esa franja debe ser depurada una y otra vez.

Una tarde de enero se hallaba de rodillas podando las hojas muertas de un seto de bromelias, muy cerca del muro oriental del jardín, en el linde con los predios del Parque Zoológico Nacional, allí donde se escuchan de cerca los bramidos del tigre blanco que hacen chillar de pavor a los monos en sus jaulas, cuando sintió una presencia a su lado.

Alzó lentamente la vista y lo primero que vio fueron las brillantes punteras de los zapatos de charol negro, y luego las botamangas de los pantalones de lino blanco, el faldón de la chaqueta, los dedos de uñas bien pulidas, el reloj de oro macizo en la muñeca, el puño de la camisa, el cuello almidonado, la corbata negra de seda tornasol.

Se incorporó con apremio. Solo lo había visto antes de lejos, bajo la arboleda de las acacias. Ambos tenían la misma estatura, de modo que cuando se miraron a la cara ninguno de ellos tuvo que mover un milímetro la cabeza. El edecán permanecía a distancia, cargando la silla plegable, y más atrás el secretario privado con el legajo de documentos bajo el brazo.

El presidente se ajustó los lentes de aros dorados, que recogieron un reflejo de sol fugaz, y después de examinarlo detenidamente le ordenó que girara sobre sus talones. Quería verlo de espaldas. Luego, que se alejara unos pasos y regresara. Luego que se deshiciera de las tijeras de podar y caminara de nuevo de ida y vuelta, un trecho ahora más largo.

Cuando volvía del último de esos paseos, se dio cuenta de que el presidente ya no estaba. Había desaparecido junto con sus dos acompañantes.

En los altoparlantes distribuidos por toda la plaza resuena en ecos la voz del maestro de ceremonias que anuncia su presencia. Comunica que va a subir a la tribuna y pide que lo reciban con aclamaciones. Él ya está fuera de la limusina. El edecán le ajusta las borlas de la banda presidencial que sobresalen debajo del faldón de la guerrera del uniforme de gala, para que el escudo de armas de la República, bordado en hilos de oro, quede justo en medio del pecho.

Y entonces avanza a paso seguro, ni muy lento ni muy apresurado, tal a como ha sido instruido, entre la formación de guardaespaldas vestidos de trajes gris ratón y rasurados a ras del cráneo. A su derecha se halla la valla metálica detrás de la que llega el coro acompasado de consignas. A su izquierda se alza la tribuna dispuesta para los invitados de honor, quienes lo aplauden con entusiasmo comedido:

Los ministros del gabinete de gobierno.

El comité central del Partido del Pueblo.

El Estado Mayor del ejército de la República.

Los mandos superiores de la Policía Nacional.

La jerarquía eclesiástica.

El cuerpo diplomático en pleno.

Los combatientes históricos de la gesta de liberación.

Los jóvenes de la Juventud Revolucionaria, con sus pañoletas rojas al cuello.

Los héroes del trabajo con sus sombreros de palma.

Alza ambas manos, saluda mientras camina. No debe detenerse. De todo eso también ha sido instruido. Sube las gradas de la tribuna. Ocupa su sitial al centro, a pocos pasos del podio desde el que deberá dirigirse a la multitud, dentro de una caja de cristal a prueba de balas. Todo discurre sin contratiempos.

El protocolo indica que a los actos públicos la primera dama llega sola, con su propia caravana, pero también que ambos deben regresar juntos. Va seria, mirando al frente, y no le dice una sola palabra durante el trayecto hasta palacio. Mejor así, piensa. No deja de temer su mal carácter desde la rabieta por el incidente del canard pompon muerto de hartura, y su pareja muerta de melancolía.

Al día siguiente del encuentro con el presidente en el jardín, un jeep militar lo condujo a las dependencias de la Seguridad del Estado. Allí mismo pasó revisión médica. Lo desnudaron, lo midieron, lo pesaron. Lo auscultaron, le tomaron muestras de sangre y orina. Le hicieron escáneres y pruebas de resistencia cardíaca.

En un estudio de grabación le dieron a leer repetidas veces un discurso del presidente en voz alta. En un aula sin ventanas, equipada con un pupitre solitario, hizo una práctica de caligrafía usando lápiz de grafito, bolígrafo y pluma fuente.

En la peluquería, también sin ventanas, el peluquero le manoseó la cabeza, lo peinó, lo despeinó, y lo volvió a peinar. Tuvo también una sesión con los maquillistas y cosmetólogos; les preocupaban sobre todos las manos. Lo llevaron al estudio fotográfico donde debió posar por varias horas, de pie, caminando, saludando con los brazos en alto, sentado, y cada vez vestido de manera distinta:

Frac, con la banda presidencial terciada y las condecoraciones a la vista, reglamentario en las ceremonias solemnes.

Smoking tropical para las soirées informales.

Uniforme militar de gala, también con la banda presidencial terciada y las condecoraciones a la vista, para presidir los actos de masas.

Uniforme militar verde olivo de fatiga, para presidir las paradas militares, las insignias de Comandante Supremo a la vista.

Traje oscuro de alpaca o casimir para las audiencias oficiales, en la estación lluviosa; y traje de lino blanco en la estación seca.

Guayabera de hilo para las excursiones campestres.

Lo adiestraron en el manejo de los cubiertos y las copas en una mesa de banquete, y la prueba final fue que, con una venda en los ojos, debía reconocer por el tacto el tenedor de carne, el tenedor de pescado y el tenedor de ensalada, situados a su mano izquierda; el plato base, el plato seco, el plato de ensalada y la taza de consomé, al centro; el cuchillo de carne, el cuchillo de pescado, el cuchillo de ensalada, la cucharita del té, la cucharita demitasse, la cuchara de sopa y el tenedor de mariscos, situados a su mano derecha. El plato del pan, y el cuchillo de la mantequilla; el tenedor y la cucharita del postre; la taza de café o té y la taza demitasse, desplegados frente a él. Y la copa de agua, la copa de champán, la copa de vino blanco, la copa de vino tinto y la copa de licor pluscafé, un poco más lejos, a su derecha.

Fueron varios días de sesiones agotadoras. Al final lo condujeron al despacho del comandante en jefe de la Seguridad del Estado, quien, después de revisar el expediente acumulado a lo largo del entrenamiento, le indicó:

Que debía engordar cuatro kilos, para lo cual se entendería con un dietólogo de las mismas dependencias.

Que no sería necesario llamar al sastre para que le confeccionara un guardarropa. Los trajes que se había probado, de uso del presidente, le quedaban perfectamente bien.

Que, en cuanto a la voz, el parecido era asombroso, de modo que no necesitaban ajustes ni en la dicción ni en el tono.

Que el trazado de la letra y de la firma era satisfactorio, según las pruebas caligráficas.

Que en adelante debería abstenerse, bajo prohibición absoluta, de visitar a su hermana, a quien le sería notificado que había sido enviado a seguir un curso de jardinería avanzada en el extranjero.

Que su nombramiento de jardinero quedaba cancelado, y se brindaría al personal la misma explicación sobre su ausencia.

Que cambiaría de alojamiento, y en adelante viviría en una habitación del sótano del palacio.

Debe dar la bienvenida al presidente de Haití, en la plataforma de la terminal del aeropuerto internacional Comandante Lautaro Barrera, fundador del partido de la revolución. Todo ha sido ensayado muchas veces al filo de las madrugadas, en una cancha de baloncesto del cuartel de la guardia presidencial, de modo que actúa de manera impecable.

Cuando el avión se detiene y acercan la escalerilla, avanza por la alfombra roja, saluda al visitante cuando ha puesto pie en tierra, lo conduce al estrado bajo el palio para escuchar los himnos nacionales respectivos, la mano abierta sobre el pecho, el dedo índice señalando el corazón, según la hoja de protocolo, y luego lo acompaña a pasar revista a la guardia de honor. Tras el saludo al gabinete de gobierno y al cuerpo diplomático, lo deja en la puerta de la limusina que espera estacionada en la pista.

Allí termina su papel.

En su habitación del sótano tenía un catre de campaña y una mesa de material plástico donde un criado sordomudo le servía la comida. Al lado estaba el vestidor, con el amplio guardarropa del que hacía uso según el compromiso anotado en la agenda del día. El vestidor era cinco veces más grande que la habitación.

El caso es que podían necesitarlo en cualquier momento, según los avisos que le transmitía el secretario privado:

Atender a una delegación municipal que solicitaba la construcción de un puente, o de un rastro público.

Departir con un coro de escolares que llegaba para cantarle una canción folclórica desde una escuela rural lejana, ocasión en que debía entregar un regalo, vistosamente empacado, a cada uno de los niños.

Recibir en audiencia privada a ministros y altos funcionarios de gobierno.

Recibir en audiencia pública a solicitantes de favores, a quienes prometía respuesta en un futuro cercano: dispensas de impuestos, excarcelación de reos, atención médica, ayudas en metálico, todo lo cual era anotado puntualmente por un estenógrafo.

Recibir las cartas credenciales de los embajadores extraordinarios y plenipotenciarios.

En la sala de las banderas, donde se realizaban las audiencias, había un espejo falso. Al otro lado, en un gabinete íntimo, el presidente se sentaba a veces a observarlo, y se divertía viendo cómo aun sus amigos más cercanos, que ocupaban ministerios de Estado, resultaban engañados. Le rendían cuentas al jardinero, llenos de miedo. Le prometían obediencia, se reían de los malos chistes que había aprendido a contar imitándolo a él.

Una vez al año, ofrece el mensaje a la nación desde el recinto del Congreso Nacional, al abrirse el período de sesiones ordinarias. También habla en la cadena nacional de radio y televisión para Año Nuevo, el día del Trabajo, el día del Combatiente Heroico y otras fiestas nacionales. Inaugura ferias agropecuarias, campeonatos de beisbol, congresos médicos. Visita orfelinatos.

En una ocasión, cuando hace su entrada al patio del orfelinato de varones regentado por la congregación del Divino Verbo, al tiempo que una pareja de huérfanos se adelanta para entregarle un ramo de flores, un hombre vestido de corbatín y chaqueta de mesero, porque después el prior de la congregación ofrecería una recepción en su honor, saca un revólver y le dispara a cinco metros de distancia, según establece el peritaje posterior.

Alcanza a ver el breve fogonazo, siente el impacto de la bala en el chaleco protector, los guardaespaldas se le lanzan encima para protegerlo con sus cuerpos, y oye al hombre gritar cuando lo reducen: ¡muera el dictador asesino!

Conducido a la ambulancia, los médicos le practican una revisión concienzuda. El proyectil le produjo una quemadura en el chaleco antibalas, debajo de la clavícula izquierda. Pero nada más.

Esa noche el presidente llega a visitarlo a su habitación del sótano para darle las gracias, y asegurarle que el asesino ya no tendrá oportunidad de disparar de nuevo.

Él estuvo a punto de preguntarle: ¿por qué dictador? ¿Por qué asesino?

La solemne ceremonia en que fue juramentado para ejercer un nuevo período presidencial de seis años se celebró en el Palacio de los Poderes Populares. Unas niñas del colegio obrero Cristo Rey, regentado por las monjitas del Sagrado Sacramento, tuvieron a su cargo bordar, con los consabidos hilos de oro, el escudo de la banda presidencial confeccionada en seda. Cada vez que se cumplía un nuevo período, la banda anterior era depositada en una urna para ser exhibida en el Museo de la Revolución Libertadora.

Hubo cuatro fiestas para celebrar la toma de posesión, como era costumbre:

En el Club de Obreros y Artesanos, homenaje organizado por la Federación de Sindicatos Revolucionarios.

En el Club Minerva, donde se dieron cita los colegiados de las profesiones liberales y sus familias.

En el Casino Militar, con los oficiales de las distintas ramas de las Fuerzas Armadas y sus respectivas esposas.

En el Golf & Country Club, con la alta sociedad.

Las atendió todas, en todas bailó con la primera dama la pieza inicial, pues un impaciente profesor de mal genio también le había enseñado los diferentes ritmos de moda, con relativo éxito. En la última de ellas se despidió a las tres de la madrugada, con los pies adoloridos, y cuando subió a la limusina encontró a la primera dama recostada en el asiento, amodorrada, los zapatos plateados de tacón de aguja en la mano. Que regresaran juntos a palacio esa madrugada era algo que no estaba previsto en las reglas de protocolo.

Puede ser que la primera dama hubiera bebido más de la cuenta, lo cual no era extraño; habían pasado por cuatro fiestas, en todas había habido abundante champán, y era un día para celebrar. Saliendo de su sopor tiró los zapatos al piso, como si se tratara de animales repugnantes, y se adelantó, no sin gracia, para correr la cortinilla que los ocultaba del chofer y del jefe de escolta. Luego, tras despojarse de los panties con un movimiento elástico de las nalgas, se montó a horcajadas sobre él y, manipulando ágilmente los dedos, le abrió la hebilla del cinturón y luego la bragueta, no sin dificultad, porque el pantalón del frac era de factura clásica y tenía abotonadura de hueso.

Asustado, había permanecido impávido, mientras ella se pegaba a su cuerpo con violenta urgen-

152

cia, sin importarle las lastimaduras que seguramente le causaban las numerosas medallas colgadas en la pechera del frac. El jardinero sentía como nunca, dentro de sus narices, el olor a amoníaco, y sin quitar la vista temerosa de la cortinilla desplegada solo deseaba que aquella prueba terminara lo más pronto posible.

Cuando aún tenía permitido visitar los sábados a su hermana, al otro lado de la ciudad, alguna vez se le ocurrió detenerse en algún prostíbulo, pero la sola idea terminaba por avergonzarlo. Y ahora, confinado a la habitación del sótano, y cuando para todos los efectos había dejado de existir, menos posibilidades tenía de ningún desfogue carnal; y de la misma manera que no podía tocar los licores del bar, ni marcar por su cuenta las teclas del teléfono, tampoco se sentía autorizado a pedir que le llevaran una mujer.

Esta experiencia tan apresurada e imprevista con la primera dama había estado lejos de darle la satisfacción que buscaba. Más bien lo había llenado de zozobra. Cuando la limusina entró en los jardines de palacio ella se había ya apartado, la cabeza recostada de nuevo en el espaldar del asiento, desvaída pero sonriente, como si hubiera hecho una travesura que no tenía remedio. Y él quedaría recordando por muchos días el olor a amoníaco.

Una tarde de agosto deja subrepticiamente su habitación del sótano, sale al descampado y camina hasta la puerta de servicio en la culata de los jardines del palacio. Nadie vigila esa puerta porque hace tiempo no se usa, pero él conserva una llave. Abre la pesada cancela y sale a la alameda de los malinches del parque de los Héroes y Mártires, donde a esa hora unas cuantas niñeras pasean bebés en cochecitos, y algunos ancianos leen el periódico en las bancas de fierro.

Una de las niñeras es la primera en reconocerlo, y se queda pasmada al verlo solo, sin ninguna escolta. Cuando desemboca en la avenida de la Insurrección Victoriosa, algunos transeúntes lo saludan con sorpresa, pero otros, al saberlo desprotegido, empiezan a tratarlo de manera hostil, y hasta agresiva.

Al llegar frente a la marquesina del cine Aladino, una cauda de curiosos va tras él, algunos no con las mejores intenciones, puesto que se escuchan amenazas, y un agente de policía, que también lo reconoce, se comunica de inmediato por el walkie talkie con su base operativa, de donde llaman a palacio, y los guardaespaldas no tardan en acudir en tropel y lo rodean en el foyer cuando se dispone a trasponer la cortina de la puerta que lleva a la platea, el tiquete en la mano, para ver a Yul Brynner y Deborah Kerr en *El rey y yo*. Es una película vieja, pero le encantan los musicales.

El presidente es informado esa misma noche del incidente, y lejos de reprenderlo, se ríe con ganas. Es algo que él siempre hubiera querido hacer.

Antes del amanecer de un día de junio recibí la visita del secretario privado en mi habitación del sótano. No tenía nada apuntado en mi agenda para ese día, de modo que su presencia fue sorpresiva para mí.

El presidente había muerto a la medianoche de un infarto cardíaco, en brazos de su amante, la esposa del embajador de Abjasia, en la residencia de recreo de Miramontes, me susurró. Hasta entonces yo ignoraba que tuviera una amante, o varias, como el secretario privado me explicó. Y nunca había estado yo en esa residencia de recreo.

Ya circulaban entre la servidumbre del palacio los rumores del infausto deceso, como el secretario privado se dio en calificarlo, y la única manera de evitar que se extendieran por plazas y calles era que me vistiera de inmediato y apareciera al lado de la primera dama en la glorieta de la terraza del ala sur del palacio, donde ella ya me aguardaba. Era un agradable lugar rodeado de jacarandas, cañas de la India, aves del paraíso, platanillos y orejas de elefante, que yo mismo había plantado, donde el presidente acostumbraba a desayunar en familia, y desde el que podía contemplarse el estanque de los patos canadienses.

Conocía, según el adiestramiento recibido, los gustos habituales del presidente en su desayuno:

Jugo de ciruelas, por el estreñimiento.

Dos rodajas de melón cantaloupe.

Huevos benedictinos.

Pan integral de centeno.

Café amargo.

La primera dama siguió ocupada en untar la mantequilla a su rebanada de pan cuando me senté a su lado y desplegué la servilleta. Ni siquiera me dio los buenos días, y en su mirada adiviné una chispa de despecho. Me estremecí, porque esa mirada, en ausencia del presidente, estaba dirigida a mí, como si fuera yo el culpable de sus infidelidades.

Más tarde fui llamado a una reunión en el despacho presidencial. Estaban presentes el comandante en jefe de la Seguridad del Estado, el secretario privado y la primera dama, las únicas personas que conocían de mi existencia; además, claro está, del presidente, cuyo cadáver, según entendí, iba a ser enterrado en secreto.

Se me instruyó a trasladarme a vivir en los aposentos de palacio a partir de esa fecha, y dormir en la recámara matrimonial. Ahora sí podría tocar las teclas del teléfono, y hacer libre uso del bar.

Entendí también que sería necesario buscarme un doble, y que de inmediato se pondrían a la tarea.

2019-2020

3

Porque tu barca tiene que partir

Es semejante a Diana, casta y virgen como ella;
en su rostro hay la gracia de la núbil doncella...
Rubén Darío, «Coloquio de los Centauros»

Héroe se suele llamar en los relatos al personaje principal, aunque se trate de alguien que se halla lejos de haber emprendido hazaña suficiente para merecer, al menos, alguna estatua en un pequeño parque de provincia, o un busto en el patio de recreo de una escuela primaria. O ser mencionado, aunque sea de pasada, en los libros de texto en que se estudia la historia nacional.

El héroe de nuestra historia se llama Jorge Alberto Gómez Macías, quien fuera socio del bufete de abogados Gómez & Larios, junto a su antiguo compañero de facultad Flavio Larios Mairena. El bufete funcionaba en una casa de alquiler en la calle principal del barrio Altamira, los dormitorios convertidos en oficinas, una para él, otra para Flavio, y en la sala-comedor el escritorio de la mecanógrafa que fungía también como recepcionista, pero a la que habían tenido que despedir para economizar gastos.

Empecemos por verlo trotando temprano de la mañana por las calles de Altamira, pues vive a pocas cuadras del bufete. Siempre se ha preciado de ser una persona físicamente sana y de conducir su vida mediante un estricto programa de salud: control de la masa muscular, una hora de pesas y bicicleta en el gimnasio Nicarao al final de la tarde. Y el jogging, apenas despunta el sol.

Esta rutina matinal le toma una hora. Las calles se hallan cada vez más atestadas de tráfico, por temprano que sea, y aun a riesgo de ser atropellado se ve en la necesidad de bajarse de las aceras porque han sido escamoteadas al transeúnte para convertirlas en el porche enrejado de una casa; o hay una jardinera o una baranda de fierro colocada por el dueño de algún bar o cafetín para disponer sus mesas y sillas al aire libre cuando cae la tarde. Pero así es Managua, se dice mientras trota, y aún debe cuidarse, si cierra los ojos, irritados por la humareda de los escapes de los buses, de caer en el hueco de un manjol al que han robado la tapa.

En lo que respecta al aire contaminado por las emanaciones de los escapes, nuestro héroe está lejos de descuidarse. Corre defendido por una mascarilla quirúrgica, algo común entre los japoneses cuando salen a la calle, según ha visto en la televisión; y en su ajetreo diario de trabajo acostumbra llevar en el cartapacio un dispensador de gel desinfectante, pues su profesión lo obliga a dar con frecuencia la mano a toda suerte de personas en los juzgados y oficinas públicas.

No es que sea un maniático de la salud, alega, frente a la reiterada acusación que en ese sentido le hace, a veces de manera burlona, su esposa Amanda; pero, con frecuencia que a ella la exaspera, se realiza exámenes de orina, heces y sangre, y nadie le quita la satisfacción honda que muestra cada vez ante el excelente estado de sus niveles de glicemia, triglicéridos, colesterol, creatinina; el nitrógeno de urea a raya, lo mismo que la albúmina, la cuenta de proteínas, la fosfatasa alcalina; y el intestino libre de parásitos. Se toma la temperatura antes de acostarse, y la presión arterial la controla dos veces al día, para lo cual dispone de un tensiómetro digital que guarda en una gaveta del escritorio de su despacho.

Como no gasta ni en licor ni en cigarrillos, ni en nada que sea superfluo, el presupuesto doméstico alcanza para cubrir los gastos médicos a los que se ve abocado, porque seguro de salud no tiene; adquirir uno significaría minar su propia confianza en el estado óptimo de sus condiciones físicas y fisiológicas. Es probable que su esposa Amanda lo acuse de maniático más bien por razones pecuniarias, porque a lo mejor preferiría comprarse unos zapatos o un vestido en alguna boutique del barrio, o salir los domingos a comer, aunque fuera a un restaurante chino.

Cada vez que se presenta al chequeo médico trimestral, el doctor Malespín no deja de mirarlo con cierta sorna cuando le pregunta:

—¿Cómo están los exámenes de laboratorio, colega?

Pues sabe que antes ya ha estudiado los resultados a conciencia. El reproche velado, no por amable deja de ser sarcástico: si sabe tanto de medicina, ¿qué viene a hacer aquí?, parece decirle. Pero hay cosas que nuestro héroe no puede hacer por sí mismo: la auscultación, el examen de reflejos, el electrocardiograma. Eso lo deja en manos del doctor Malespín. Y cada año se somete a una endoscopía gástrica y a una colonoscopía, frecuencia que al médico le parece exagerada, aunque prefiere callarlo.

El Rolex, como llama cariñosamente a su corazón, sigue funcionando de mil maravillas. Lo sabe desde el momento en que, acostado en la camilla, con las ventosas de los electrodos adheridas a la piel, observa al doctor Malespín leer la cinta donde se muestran los trazados, y advierte su semblante profesional calmo y sereno, o más bien indiferente ante la absoluta normalidad de lo que está viendo.

A sus cincuenta y siete años, su óptimo estado de salud es el resultado de una vida llevada de manera metódica, en base a una dieta balanceada, sin carbohidratos ni grasas saturadas, y las proporciones debidas de proteínas y fibra, además del programa de ejercicios. Bajo la aprobación displicente del propio doctor Malespín se permite un trago de ron, lo más dos, en ocasiones sociales, y ni amarrado le harían beber una cerveza.

Tomemos por caso a Flavio, su socio del bufete jurídico. La barriga le desborda, y es a causa del consumo inmoderado de cerveza. Pero no solo eso. Su deleite son los chicharrones, las morongas y los chorizos revueltos con huevo, que le dejan una aureola de grasa rojiza alrededor de los labios. No se cuida, debe tener las arterias atascadas de colesterol y los triglicéridos por las nubes. Jadea con solo que camina una cuadra, y le cuesta agacharse para amarrar los cordones de los zapatos.

—Un día de estos nos vas a dar un susto —le advierte cada vez y cuando—, con el cuerpo no se juega.

—¿Para qué quiero ser un cadáver sano? —le responde siempre Flavio, tan gracioso se cree.

En la casa de nuestro héroe se cocina con muy poca sal, y los saleros están prohibidos en la mesa; y aunque Amanda y los hijos no dejen de quejarse porque todo parece comida de hospital, él es quien da las órdenes pertinentes a la cocinera y, ante las protestas, su respuesta es siempre tajante:

—La sal, para las vacas.

Y, por supuesto, están prohibidos en la mesa el ketchup, las féculas y almidones, las bebidas gaseosas y los refrescos endulzados, y los hijos son constantemente advertidos contra las meriendas callejeras consistentes en bolsas de meneítos, doritos, papas fritas y demás. Helados, ya no se diga, aunque sean endulzados con sustitutos artificiales del azúcar, porque está probado que los tales son sustancias cancerígenas. No hay como los refrescos naturales, ricos en vitaminas, y los batidos, que bien pueden valer por un tiempo de comida.

Irse a la cama temprano y levantarse temprano, lo cual significa no trasnochar para no entorpecer la rutina del jogging matinal; cuidarse de las enfermedades venéreas leyendo solamente en su propio libro, como suele repetir con risa satisfecha, al tiempo que abraza juguetonamente a Amanda. No exponerse a emociones fuertes; y cuando, dadas las vicisitudes inevitables de su trabajo, del que es propio el litigio, sobrevienen disgustos, respirar profundo y contar hasta diez, pues así la frecuencia cardíaca se desacelera, según se puede constatar presionando los dedos índice y del corazón sobre la arteria carótida, tres centímetros arriba de la clavícula.

Sigamos este mediodía a nuestro héroe desde el bufete hasta su casa, adonde llega puntualmente para almorzar a las doce y media, hora en que la mesa está ya a punto de ser servida. Amanda y los dos hijos, Jenny y Frank, acuden sin tardanza, y cuando él regresa de lavarse las manos para ocupar la cabecera, todos deben estar ya sentados en sus puestos, listos a acompañarlo en la oración de gratitud por los alimentos recibidos.

El ruido de los trinchantes en los platos era leve y espaciado. Casi no se conversaba. Y habría poco más que narrar acerca de este almuerzo si no es porque nuestro héroe advirtió que se iluminaba la pantalla de su celular, el que a la hora de las comidas solía mantener sin sonido aunque al alcance de la mano.

Era un número desconocido, pero pensó que podría tratarse de un cliente potencial, y no dudó en responder.

—¡Felicidades! —oyó que decía, en tono cantarino, una fresca voz de mujer—. ¡Es usted el dichoso ganador de un descuento para el Servicio Platino Presidencial Deluxe!

—¿Con quién tengo el gusto? —preguntó él, con toda cortesía.

—Soy ejecutiva de ventas de Jardines del Recuerdo —respondió, y las campanillas de la voz repicaron con más énfasis.

—¿Jardines del Recuerdo? —preguntó extrañado.

—Ese es un cementerio privado, papá —dijo su hija Jenny, con cierta impaciencia ante la ignorancia de su progenitor.

—El camposanto más nice y exclusivo de Managua —siguió la voz alegre y despreocupada, y casi adivinó a la mujer pintándose las uñas de las manos mientras sostenía con el hombro el teléfono pegado al oído.

164

—Estoy almorzando, señorita —alcanzó a decir, y sin dar oportunidad a que la voz cantarina siguiera adelante cortó la llamada, no podemos saber bien si indignado o asustado.

Repasó con la mirada a todos los suyos. Su amantísima esposa, sus dos hijos que apenas entraban en la pubertad, y sintió una profunda emoción, como si aquel fuera el último almuerzo de sus vidas. La pechuga de pollo a la plancha quedó a medias en el plato, el bocado que ya no iba a comerse clavado en el tenedor. Las coliflores al vapor parecían haberse marchitado.

Y, de pronto, lo invadió la furia, sin haberse acordado de contar hasta diez. ¿Con qué derecho? Un profesional esforzado, leal a sus clientes, respetuoso de la letra de los códigos, feligrés sin reparos de la Iglesia San Agustín, dispuesto siempre al servicio del prójimo, como lo demostraba su vieja afiliación al Club Rotario Internacional, sección Tiscapa, de cuya junta directiva había sido dos veces secretario. ¿Qué derecho tenía esa mujer para asaltarlo a plena luz del día? Porque aquello no era sino un asalto, una flagrante violación de domicilio.

Se levantó de la mesa y se dirigió al cuarto de baño a buscar en el botiquín una tableta de alprazolam de un miligramo y se la tragó en seco. No podía dejarse dominar por la ansiedad. Luego, sin bajarse los pantalones, se sentó en la taza del inodoro, buscó el número fatídico en el listado de llamadas recientes del teléfono y lo bloqueó. Nunca más quería escuchar de nuevo aquella voz melosa. ¿Cómo había conseguido ella su número de celular? Y, muy a pesar suyo, se sorprendió preguntándose: ¿en qué consistiría aquel Servicio Platino Presidencial Deluxe?

No tardaría en saberlo.

Cuando volvió al bufete después del desdichado almuerzo, al revisar la correspondencia entrante en la pantalla de la computadora se topó con un mensaje que traía un agregado. Lo abrió. Era una carta con un membrete en gris, verde y amarillo: JARDINES DEL RECUERDO. Grises las letras, verdes las colinas sembradas de cipreses, amarillo el sol que se ponía melancólicamente tras ellas.

Otra vez asustado, tanto que el vuelco de su corazón lo sintió en la glotis, envió abruptamente el mensaje al basurero, como si con aquel clic hiciera desaparecer un avieso alacrán a punto de saltar de la pantalla para clavarle su aguijón en la mano.

Pero, tras alejarse de la mesita de rodos donde descansaba la computadora, nuestro héroe volvió a sentarse. Fue a la carpeta de elementos desechados, buscó el mensaje y abrió de nuevo la carta, a riesgo de que el alacrán lo picara. ¿Por qué aquel acto de osadía, o de insensatez curiosa? No nos metamos a responder a eso. La carta rezaba así:

Managua, 20 de febrero de 2018

Doctor Jorge Alberto Gómez Macías
Sus Manos

Apreciado doctor Gómez Macías:

A continuación, le presento oferta del Servicio Platino Presidencial Deluxe, la cual no pude explicarle a cabalidad el mediodía de hoy, como hubiera sido mi deseo, debido a imprevista interrupción de la línea telefónica.

Descripción del producto

Los predios de Jardines del Recuerdo se hallan localizados en una zona tranquila y exclusiva, contigua al Nejapa Golf & Country Club, muy bien conectada por vía asfaltada. El diseño paisajístico fue encargado a la firma Sunset Landscapes Corp. de Coral Gables, y el terreno amurallado de diez manzanas está cubierto de césped Ray-Grass, con islas convenientemente esparcidas de árboles frondosos del trópico seco, trasplantados ya adultos, y cómodas bancas para descansar a la sombra de los mismos.

Ofrecemos tres categorías de lotes, siendo la categoría Prime A la que he elegido para usted, conforme el plan que paso a ofrecerle. Esta categoría corresponde a aquellos triunfadores en vida y que no lo son menos después. Por eso se les reservan los sitios más altos de las colinas que conforman el terreno, desde donde se ofrece una vista espectacular del lago de Managua y la península de Chiltepe.

Al mejor estilo de los cementerios privados de Estados Unidos, no se permite la instalación de monumentos funerarios, pues sería discordante con la armonía del paisaje. Todos los beneficiarios reposan bajo sencillas lápidas de mármol o piedra labrada, de iguales dimensiones, a ras del suelo. Hay dispositivos tubulares de aluminio para colocar arreglos florales en cada tumba. Nuestra intención es que cuando los deudos visiten a sus seres queridos, lo hagan en un ambiente sereno y familiar.

Descripción del plan

*Servicio de traslado de los restos mortales desde el domicilio u hospital hasta nuestras instalaciones.

*Preparación química y cosmética a cargo de expertos.

*Ataúd trabajado en madera de cedro con guarniciones metálicas, con su correspondiente ventanilla de cristal SunGuard (no reflectivo), e interiores acolchados y forrados en seda natural.

*Carroza Cadillac, modelo Miller-Meteor, para traslado de la capilla velatoria al lugar de reposo definitivo en el sector Prime A del camposanto.

*Servicios religiosos del rito católico, misa y réquiem, que incluye el sacerdote y acólitos de su iglesia de culto habitual, la parroquia de San Agustín, cercana a su domicilio familiar.

*Traslado de los miembros de la familia doliente desde su domicilio (del PALI de Altamira 2 cuadras al sur, casa 203) hasta la capilla velatoria, a bordo de un cómodo microbús Toyota Coaster, todo aire acondicionado, y con servicio de azafata.

*Sala velatoria, acondicionada con cuarto privado para la familia doliente y allegados íntimos (conforme lista que suministre su esposa, doña Amanda Urbina de Gómez), dotada de línea telefónica gratuita para llamadas nacionales, así como a Centroamérica y Estados Unidos.

*Bocadillos gourmet de seis variedades distintas, y bebidas no alcohólicas, que incluyen refrescos naturales y carbonatados, té y café, para todos los asistentes al velorio.

*Interpretaciones musicales de la Camerata Bach durante el acto de inhumación, conforme repertorio escogido por su esposa y/o sus hijos. Puede elegirse entre piezas clásicas y otras que resulten sentidas a la familia doliente; en este caso, por ejemplo, *La barca*, o *Reloj*, que han sido, desde los años de juventud, de la preferencia de la pareja formada por Jorge Alberto y Amanda.

*Valet Parking para los vehículos de los asistentes.

*Libro de Condolencias empastado en cuero cabritilla y nombre del difunto en letras repujadas en dorado.

*Tarjetas de aviso del deceso e invitación a las honras fúnebres, publicadas en los diarios y redes sociales.

*Amplia carpa y asientos para sesenta personas en el sitio de la inhumación.

*Servicio fotográfico y de video a cargo de profesionales.

*También se ofrece el servicio de crematorio, por medio de horno de alta combustión de la marca MERKUR, pero he desechado esa opción atendiendo sus arraigados sentimientos religiosos y los de su esposa.

Descripción financiera

Precio de lista oficial:	US$ 12.150,00
Descuento de 20 % según oferta telefónica inconclusa:	US$ 2.430,00
PRECIO TOTAL DE OFERTA:	US$ 9.720,00

No omito manifestarle que hay a su disposición un plan de financiamiento para esta oferta por medio del Banco de la Producción (BANPRO), del cual es usted cliente regular.

Quedo a sus gratas órdenes para atenderle, lo cual será para mí un placer.

Ella, como quiera que se llamara, pues no alcanzó a descifrar su firma al pie de la carta, apurado en borrarla con un delete definitivo, había rebasado todo límite de atrevimiento y osadía. ¿Cómo es que conocía su vida y milagros? La religión que profesaba, la iglesia adonde iba, el nombre de su esposa, su banco, su domicilio particular, su teléfono, su dirección electrónica. Hasta sus canciones preferidas de juventud, cuando cortejaba a Amanda. ¿Lo espiaba? ¿Seguía sus pasos? ¿Habría interrogado a sus conocidos? ¿Flavio, su socio, se habría prestado para darle información? Muy de él sostener plática amistosa con extraños.

Lo único que ella parecía no conocer eran sus posibilidades económicas al ofrecerle un servicio de aquella magnitud, pese a que había penetrado en su cuenta bancaria. Solo una vez en su vida profesional había percibido una cantidad parecida al costo de un funeral como ese, los ocho mil dólares que le pagaron unos empresarios taiwaneses caídos del cielo por constituir una cascada de sociedades anónimas, una sociedad dueña de otra, para una maquila de textiles en la zona franca de Las Mercedes. Con esos honorarios pudo hacer remodelaciones en su casa de habitación para que sus hijos tuvieran cada uno su propio cuarto. ¿O es que pretendía encajarle sobre las espaldas un préstamo leonino que su viuda y sus hijos tardarían la eternidad en pagar, en caso de que él no alcanzara a hacerlo en vida?

De todas maneras, era una experta en el arte de las ofertas. A lo mejor comenzaba por la categoría Deluxe solo como un gancho, la verde colina cubierta de suave césped para contemplar el atardecer sobre el lago de Managua desde siete cuartas bajo tierra, con el designio de hacerlo firmar el contrato de un modesto funeral de segunda, y un lote asignado en los barrios bajos del cementerio, hasta donde saltarían desde los campos de golf del Country Club las bolas extraviadas por un golpe erróneo, y que los caddies despreciarían ir a buscar.

¿Y cuánto valdría una acción del Country Club? ¿Veinte, treinta mil dólares? Necia pregunta que no venía al caso hacerse. ¿Irían esas bolas a parar también a los linderos del crematorio, oculto convenientemente tras una cortina de árboles? ¿Aventaría el humo de la chimenea del horno hacia los campos de golf? ¿Llegarían las bolas hasta las instalaciones, igualmente disimuladas, donde los expertos consumaban la preparación química y cosmética de los cadáveres?

Nuestro héroe imaginó ese reducto clandestino, de techo bajo de dos aguas, las paredes pintadas en verde hospital, con puertas de doble hoja, amplias lo suficiente para dar paso a una camilla. La furgoneta, un trasto cualquiera sin ventanillas, pintado de gris, transportaba hasta allí desde el lugar del deceso el cuerpo arropado en una colcha basta, sobre una bandeja de zinc a ras del piso, porque la funeraria no se preocupa de las apariencias antes de que llegue el momento de exhibirlo, ya vestido y maquillado; y en un punto de la carretera la furgoneta tenía que cruzar necesariamente frente a la garita de ingreso al club, donde hacían fila los Mercedes, los Lexus, las Land Cruiser, al volante los socios con sus palos de golf enfundados en bolsas de nylon de colores vivos, esperando a que los guardas les dieran paso. En la muñeca lucían sus relojes Rolex.

Tampoco tendría nunca un Rolex Oyster Perpetual, que valía tanto como un funeral de lujo. Un reloj de acero inoxidable, hermético como una ostra, afamado por infalible aun en las aguas abisales de los océanos, lo mismo que en las cumbres nevadas de las montañas más altas, ajeno a la fatiga, y que latía con el mismo ritmo imperceptible, como si le hubieran dado cuerda para siempre. Igual que su corazón. ¿Pero era de verdad cierto que el mecanismo de su corazón trabajaba sin perturbaciones como un Rolex? ¿Y si acaso ocultaba un soplo imperceptible, un cierre defectuoso de la válvula mitral que los electrocardiogramas no percibían?

Si esa mujer, cuyo nombre había preferido ignorar, y cuyo rostro no conocía, sabía tanto de él como aparentaba, aquello era solo una muestra. Debía tener un expediente completo suyo, en el cual figuraba su verdadero estado de salud. De allí la aparición sorpresiva de su voz cantarina en el teléfono, y la detallada oferta por escrito. Los exámenes de laboratorio presentaban resultados adulterados. Las radiografías, los ultrasonidos y los escáneres correspondían a otra persona. Y de todo eso el doctor Malespín era cómplice principal.

¿Conocía su esposa la situación real? ¿Era Amanda quien, por piedad, había pedido que le ocultaran el mal que lo estaba royendo por dentro? Un aneurisma asintomático en el cerebro causado por arterioesclerosis, una lesión maligna en el páncreas con metástasis a las paredes gástricas y al tejido hepático. O un proceso cirrótico, enfermedad terminal que también afecta a los abstemios.

Tanto sacrificio para qué. El suplicio de meterse las zapatillas de correr cuando apenas empezaba a clarear el día, el dolor creciente en las rodillas con el trote, el magro desayuno, las somnolientas mañanas en el bufete porque tanto le hacía falta una taza de café, que él mismo se había prohibido en previsión del riesgo de las taquicardias. Y cómo repudiaba ahora las coliflores cocidas, sin gota de sal.

Qué no daría por borrar de su vida las tediosas tardes en el gimnasio pedaleando en la bicicleta fija al lado de aquella gorda, su compañera de suplicio, a la que costaba asentar el nalgatorio en el sillín y lloraba de impotencia cuando al final de la sesión, bañada en sudor, se subía a la romana que cimbraba impasible bajo su peso.

Apagó la computadora, que se despidió con un resplandor mortecino antes de que la pantalla quedara a oscuras. Estaba solo en el bufete. Flavio prolongaba en borracheras hasta el atardecer los almuerzos con sus clientes, tratantes de vehículos de segunda mano, cuya dudosa procedencia legitimaba en las escrituras de compraventa. Tenía años de no entrar a un restaurante de esos a los que Flavio era asiduo, más bien cantinas, las mesas dispuestas en un patio cercado con láminas de zinc, un gallo que picoteaba en el piso de tierra, y el techo forrado de palmas secas del que colgaban festones de colores ya desvaídos.

De pronto descubrió que las lágrimas bajaban silenciosas por su rostro, apiadado de sí mismo. Vio a Flavio abrazando compungido a Amanda, sofocada por los sollozos. Vio a sus dos hijos, abrumados, circunspectos, recibiendo los pésames. Vio su nombre en las pantallas de video de la sala velatoria.

Escuchó que abrían la puerta de la calle y el golpe rotundo con que la cerraban, el alegre taconeo que avanzaba por el corredor y la voz cantarina que preguntaba por él con toda la confianza del mundo. Y cuando los pasos ágiles y decididos se detuvieron frente a su oficina, se apresuró a secarse las lágrimas con el dorso de la mano y, ahora sí, sereno, nuestro héroe alzó la vista hacia el frente y se preparó para verla llegar.

2019-2020

Ese día cayó en domingo

Para Edgard Tijerino

Eran las siete de la noche del 2 de diciembre de 1972. Sábado. Afuera se venía encima la Navidad, y nosotros en encierro, los veinticuatro jugadores de la selección nacional de beisbol de Nicaragua reconcentrados bajo vigilancia militar en una quinta de la carretera a Masaya donde no se permitían visitas ni se permitía el licor.

Era la hora de la cena cuando el mánager Argelio «La Bruja» Córdova entró al comedor acompañado de los dos asesores del cuerpo técnico, Tony Castaño y Pedro Ramos. Se dirigieron a la mesa donde nos hallábamos el pitcher Julio Juárez, el catcher Vicente López, el shortstop César «La Maravilla» Jarquín, y este servidor.

«La Bruja» Córdova le puso la mano en el hombro a Julio.

—La bola es tuya, guajiro, vas a abrir mañana el juego contra Cuba —le dijo—. A ti te tocó el número premiado de la lotería.

Él era el mánager de la selección nacional, y venía acompañado de aquellos dos para que se viera que era asunto meditado. Los tres, cubanos de nacimiento, lo cual quiere decir cuñas del mismo palo.

«La Bruja» Córdova era de un lugar cerca de La Habana llamado Batabanó. En 1955 llegó a Nica-

175

ragua como shortstop del equipo de la Fuerza Aérea Cubana para una ronda de juegos de exhibición, y ya se quedó porque el viejo Somoza se lo pidió a Batista como refuerzo de su equipo de la liga profesional, el Cinco Estrellas.

En aquel tiempo los «hombres fuertes», como se les llamaba, se regalaban unos a otros jugadores; el generalísimo Trujillo, por ejemplo, también le envió de obsequio a Somoza al poderoso slugger Domingo Vargas, «El Ciclón del Caribe»; y así.

Tony Castaño era de Palma Soriano, famoso en la liga mexicana como segunda base, y después mánager de varios equipos en Nicaragua. Pedro Ramos, de Pinar del Río, pitcher big leaguer que jugando con los Yankees de Nueva York había ponchado a veintiún bateadores de manera consecutiva en veintiún innings, sin permitir una sola base por bolas, toda una hazaña.

Entonces Julio Juárez, tras escuchar el aviso, apartó su plato, todavía a medio terminar, y los miró a todos, uno por uno. Solo dijo «con permiso», se fue a su cuarto y se puso a oír canciones del trío Los Tecolines en su casetera. Eso fue todo.

Calixto Vargas, el primera base, que estaba cenando en la mesa de al lado, había escuchado, y comentó:

—No va a poder dormir tranquilo el pobre Julio. Hubieran esperado que amaneciera para hacerle la notificación.

Y todos estuvimos de acuerdo. Es que enfrentar a Cuba no era para tener un sueño tranquilo. Cualquiera de los hombres de la alineación empezaba en un momento imprevisto a disparar trancazos y seguían los demás con la rayería infernal, uno tras otro, hágase de cuenta que la competencia fuera entre ellos mismos y no contra el equipo contrario. Y en campeonatos mundiales anteriores ya al propio Julio Juárez lo habían sacado a palos del montículo después de apenas uno o dos innings.

En aquel Vigésimo Campeonato Mundial que se jugaba en Managua, los cubanos iban invictos con catorce victorias y ninguna derrota. Le habían ganado a su rival clásico, Estados Unidos. Y Fidel Castro los llamó esa noche por larga distancia al Gran Hotel, donde estaban hospedados, para felicitarlos uno por uno. No había en Nicaragua quien no se hubiera enterado de esa llamada.

Aunque les faltaba el juego contra Nicaragua, con el que se clausuraba el torneo, cualquiera que fuera el resultado ellos ya eran los campeones. Pero vencer a los invencibles era una obsesión no solo de nosotros, sino de todo el país. Solo de eso se hablaba por donde quiera que alguien fuera.

De los catorce juegos, habíamos ganado doce, y ya teníamos asegurada la medalla de bronce. No es porque yo haya sido parte de la selección, pero es la mejor que Nicaragua ha tenido en toda su historia. Habíamos derrotado a pesos pesados como República Dominicana, o como Puerto Rico, que trajo de mánager nada menos que a Roberto Clemente, el inmortal jardinero derecho de los Piratas de Pittsburgh. Solo habíamos perdido dos, contra Japón y Estados Unidos, en una pelea cerrada en ambos casos.

Pero era una historia negra la que teníamos en lo que hace a los cubanos. Por ejemplo, el miércoles 12 de abril de 1961, en el Parque Escarré de San

José de Costa Rica, habían masacrado a Nicaragua dieciséis carreras a cero. Son fechas vergonzosas que no se olvidan. Y, a la hora de la verdad, como la que se aproximaba, pesan en el alma.

Julio Juárez terminó de oír a Los Tecolines, se desvistió, se quedó en calzoncillos y camisola, se recostó en su cama, agarró el legajo de papeles que el cuerpo técnico nos había entregado a los pitchers del staff, y se puso a estudiar a cada uno de los nueve bateadores a los que iba a enfrentarse la mañana siguiente, en el orden en que usualmente alineaban, y conforme sus respectivos récords de bateo y sus características personales: zurdo, derecho, estatura; fortalezas, debilidades: a quién no lanzarle nunca rectas, a quién dominar con curvas adentro o curvas afuera. Y rodeado de todos aquellos papeles se quedó dormido, y así dormido lo encontró Calixto Vargas, para su sorpresa, cuando llegó a acostarse, pues eran compañeros de cuarto.

Julio Juárez era de León. Vivía por el lado del cementerio, frente a la parte trasera de la iglesia de Guadalupe, y desde que tenía trece años iba a los plantíos a cortar algodón. El tractor con la rastra que recogía a los peones se paraba a media cuadra de su casa a las cuatro de la madrugada, y él ya estaba en la calle, esperando, sin nada más en el estómago que una taza de café chirre y un bollo de pan.

De eso nos estaba platicando en la mesa esa noche de la víspera del juego, cuando «La Bruja» Córdova llegó a entregarle por adelantado la bola.

Regresaba de los algodonales, bien asoleado, como a las cuatro de la tarde, y los otros chavalos ya lo estaban esperando en el descampado que había frente a la iglesia. Se armaban los equipos y jugaban con bolas forradas con calcetines viejos. A veces, a falta de bolas, bateaban hasta naranjas, y mangos, que se reventaban en el aire.

—Lo que nosotros hacíamos era agarrar una piedra, la envolvíamos en trapos y amarrábamos el envoltorio con cabuya, o con manila, y esa era la bola —decía, por su parte, César «La Maravilla» Jarquín—. Arrancábamos ramas de tigüilote, las desbrozábamos y ya teníamos el bate.

Tanto «La Maravilla» Jarquín como Vicente López eran de San Isidro, un pueblo de Matagalpa que queda al lado de la carretera Panamericana, donde ya acaba el valle de Sébaco. Se conocieron porque ambos jugaban en el mismo equipo, en una liga infantil. César vivía a dos cuadras del campo de beisbol, pero Vicente era de la comarca Quebrada Seca, y llegaba a los juegos montado a pelo en una yegua.

Esos cuentos se contaban en el comedor como que fueran nuevos, aunque eran las historias de siempre repetidas una y otra vez, pero todos les poníamos atención, como si no las conociéramos. Y mientras alguien hablaba, enseñaba, como sin querer, las manos. Manos callosas por el machete. Las uñas pintadas de maque, el que era ebanista. Un dedo martajado por un martillazo, el carpintero. Las manos de albañil, cuarteadas por la cal.

Entonces amaneció. El 3 de diciembre de 1972. Ese día cayó en domingo. Terminado el partido, cada uno para su casa, después de un mes en aquella quinta de la carretera a Masaya, viviendo como príncipes cautivos. Dormíamos en camas que las vestían, diario, y diario nos cambiaban las toallas en el baño. Jaboncitos desechables y botellitas de shampoo. Rollos de papel higiénico de sobra.

Había un servicio de meseros y cocineros del Casino Militar, y la comida era tipo buffet. Tenías churrascos, tenías pollo a la parrilla, tenías filetes de pescado, tenías mariscos, ensaladas variadas, verduras al vapor, todo planeado por el dietista del comité técnico. Y en el desayuno te ponían huevos a tu escogencia, gallopinto bien frito, jamón, quesos. Calorías para quemar. Y panqueques, wafles, bendición de frutas. De jugos naturales, lo que se te ocurriera.

Nos sentamos a desayunar a la hora establecida, siete y media de la mañana. A Julio Juárez nadie le quitaba el ojo mientras le ponía miel a una torre de panqueques. Era su desayuno preferido.

—De esta chochada gringa nunca antes había comido, ni creo que vuelva a comer —decía cada mañana, mientras se atragantaba.

Lo dejamos solo en la mesa con sus panqueques. No fue nada platicado, pero nadie osaba acercársele. Aquel hombre era algo así como sagrado en esos momentos. Como alguien que vela sus armas, según recuerdo una escena de la película *Ivanhoe*.

En mi mesa desayunaban también Pedro Selva, «El Bambino», leftfielder titular, que era de Jinotepe, y Ernesto López, «El Tiburón Mayor», centerfielder, que era de Granada. Los dos, poderosos toleteros vuelacerca.

Cuando jugaba chavalo en los patios de los beneficios de café y en solares baldíos, y le tocaba turno al bate, Pedro Selva decretaba de antemano adónde iba a poner la bola:

—Al techo de aquella escuelita te la mando —decía, señalando el lugar con el bate. Y lo cumplía.

Por eso empezaron a llamarlo «El Bambino». Porque es lo mismo que hacía «El Bambino» Baby Ruth en el Yankee Stadium.

A Ernesto «El Tiburón» López su nombre de guerra le venía de que en el lago de Granada hay tiburones de agua dulce, y la verdad es que él le daba al bate con furia, como si fueran los coletazos de una fiera. Si a esos dos les sumamos a Vicente López, teníamos una verdadera escuadra de demolición. Entre los tres podían llegar a cien jonrones en una temporada.

No parecía que los nervios nos hubieran acalambrado el estómago, porque cada uno de nosotros, los tres de la mesa, se había servido un plato donde había por lo menos cinco huevos revueltos con jamón y tomate, al lado una canasta entera de pan, y un puñado de cuadritos de mantequilla y de jalea, mientras vigilábamos el buffet como si temiéramos que la comida pudiera acabarse.

«La Maravilla» Jarquín vino con su plato a sentarse con nosotros.

—Aprovechá, Macario, que esto no es diario —le dijo «El Bambino», con la cara iluminada por una sonrisa de gusto.

Si a «El Bambino» le preguntabas por su historia, solo te contaba penurias, como ahora, que masticaba, y hablaba sin terminar de tragar.

Su mamá, que se ganaba la vida planchando ropa, había tenido seis hijas mujeres, siendo él el único hombre, cada uno de distinto padre; así que allá te iba, desde los diez años, a cargar canastos en el mercado municipal, para volverse después ayudante de camiones, y así llevar a su casa el centavo, con tanta boca que contentar. Y la pasión del beisbol de por medio, desde chiquito.

«El Tiburón Mayor» lo escuchaba con cara de eso no es nada. Su padre, que había tenido cuarenta y cinco hijos, saltando de cama en cama, nunca lo amparó, y a los once años ya había quedado huérfano de madre, por lo que tuvo que irse a vivir con unos tíos; y desde esa edad trabajaba de mensajero de una ferretería, montado en una bicicleta vieja.

—Pero tenías tus zapatos —le dice «La Maravilla» Jarquín—. Yo jugaba descalzo. Lustraba zapatos, pero no tuve zapatos hasta que cumplí quince años.

Se halló botada una cadena de oro en una acera. Le pidió a una prima que iba para Managua que se la vendiera allá, y le comprara un par de zapatos. Los cabrones zapatos lo mataban de tan apretados, y le desollaron los dedos.

Teníamos el día entero porque el juego empezaba a las cinco y media de la tarde, y por eso el desayuno se prolongó más de la cuenta. Después, unos se pusieron a ver los muñequitos en la televisión, otros a jugar ping pong, o billar. Julio Juárez no. Se encerró en su cuarto a oír a Los Tecolines. Y a la hora del almuerzo, otra vez solo en una mesa.

Al estadio General Somoza llegamos cerca de las cuatro de la tarde. Había que calentar antes en el terreno. Al bus en que íbamos le abría paso una escuadra de motocicletas de la policía de tránsito, y atrás cerraba una radiopatrulla. Pero ya en las cercanías se hacía difícil avanzar porque apenas la gente nos descubrió rodeó el bus, gritando y golpeando las ventanillas con los puños, y otros dando saltos con la bandera de Nicaragua alzada a dos manos.

Toda esa era la gente que ya no pudo entrar al estadio que se había llenado desde el mediodía a su plena capacidad, que era de treinta y cinco mil personas sentadas, más todos los que abarrotaban los pasillos. No cabía un alma. Así lo estaba comentando Sucre Frech, que ya había empezado la transmisión desde la cabina de Estación X, y su voz se oía en los parlantes del bus.

Allí se hallaba Somoza, en el palco presidencial, acompañado de su esposa doña Hope Portocarrero, anunciaba Sucre Frech. Todavía estaban bien en su matrimonio; poco después fue que se enamoró perdido de la Dinorah Sampson, y ya doña Hope desapareció del mapa.

Los pitchers relevistas nos sentamos juntos en la banca del dugout, y desde allí oí el grito del umpire principal cantando play-ball. Lo tenía cerca, pero escuché ese grito lejos, como si el viento se llevara la voz. La bola estaba en juego. Cuba bateaba de primero como equipo visitante. No sé por qué en ese momento cerré los ojos, y solo oí el golpe en el guante de Vicente López cuando Julio Juárez hizo el primer lanzamiento, y la voz del umpire que cantaba strike, siempre lejos.

Julio Juárez empezó a tirar muy concentrado, muy controlado. Le llegaron a las bases dos hombres, pero pudo sacar los tres outs del inning, y no pasó a más. Venía nuestro turno al bate.

El juego lo abrió por los cubanos José Antonio Huelga, que era un pitcher temible. Rápido lo hubieran firmado en las grandes ligas, pero eso en Cuba no era permitido.

La alineación de nosotros la encabezaba Rafael «El Capi» Obando, el segunda base. Con dos bolas y dos strikes en la cuenta pegó un roletazo por tercera, y Urbano González recogió bien la bola, pero hizo un tiro demasiado alto y Agustín Marquetti, el primera base, no pudo atraparla, por lo que «El Capi» Obando, un corredor muy veloz, pudo llegar hasta segunda y quedar en posición anotadora.

«La Bruja» Córdova aplicó lo que ordena el manual, y mandó a tocar la bola al siguiente bateador, que era Carlos «Calín» Rosales, rightfielder, y así «El Capi» Obando pudo avanzar a la tercera. Siguió en el turno Valeriano Mairena, pero fracasó con un fly al centerfielder, y la cuenta quedó en dos outs.

Entonces se para en la caja de bateo «El Bambino» Pedro Selva, cuarto en la alineación. La gente se pone de pie en las gradas, y empieza a corear su nombre y a aplaudir rítmicamente. Le están pidiendo que ponga la bola detrás de la cerca. «La esférica», como acostumbra llamarla Sucre Frech. Desde la banca en el dugout, lo estoy oyendo narrar el juego con mi radito de transistores pegado al oído.

Y a la cuenta de dos bolas y un strike, «El Bambino» conecta un batazo de hit por el centerfielder, con lo que empuja al hombre de tercera. Así nos vamos arriba desde el comienzo del juego. Parece que el estadio se va a caer con esta tremenda bolina ensordecedora, dice Sucre Frech.

Una carrera de ventaja frente a Cuba no era nada, y eso lo sabía bien Julio Juárez. Y siguió bordando muy metódicamente sus ceros. Pero el noveno inning estaba muy lejos aún para decir que podía colgarle una blanqueada a ese equipo, que desde el año 1944 nunca había dejado el campo sin anotar carrera. Y así llegamos al cuarto inning, la gente en las graderías mordiéndose las uñas.

Ya Pedro Selva y Calixto han sido puestos fuera de circulación, y le toca el turno a Vicente López. Con dos outs y sin hombres en base, es muy poco lo que puede esperarse, y Huelga parece haber recuperado el dominio en el montículo después de admitir la carrera del primer inning.

Los outfielders le están jugando atrás a Vicente López, pegados a la barda, porque conocen su poder. Se faja con un lanzamiento alto, y saca un foul que rebota contra la malla de los palcos del home plate. Ha hecho swing con toda el alma, y el murmullo es como una ola que va de un lado a otro de las graderías. Al rato ya Huelga lo tiene en dos strikes, dos bolas, dos outs, que es la cuenta fatal para un bateador. Es como asomarse al precipicio del ponche.

Viene un nuevo lanzamiento, una recta como un bólido. El golpe del bate de aluminio se escucha nítido en todo el estadio. La pelota se eleva hacia el leftfield, viaja más allá de la barda, y vuela tan alto que el jardinero, Armando Capiró, que ha corrido en su busca hasta llegar a la cerca, se conforma con seguirla con la mirada.

Es lo que está haciendo también Vicente López, seguirla con la mirada, sin empezar aún a correr. Y es hasta que ya sabe que la esférica está del otro lado que deja caer el bate y empieza su trote tranquilo para dar la vuelta al cuadro pisando las almohadillas, y en el home plate está ya la nube de fotógrafos esperándolo entre el relampagueo de los flashes, y nosotros hemos corrido desde el dugout y estamos allí también para darle la bienvenida.

Mientras corría hacia el home plate no me despegaba el radio de la oreja, y lo único que se escuchaba en la transmisión era el griterío, hasta que comenzó a abrirse paso la voz de Sucre Frech explicando que se había tenido que callar porque era inútil tratar de narrar en medio de aquella barahúnda infernal. «¡Miro la pizarra y no puede ser cierto, madre mía!», decía. «¡Todavía no me lo creo! ¡Nicaragua derrotando a Cuba dos carreras a cero! ¡El estadio ahora sí se va a caer!».

Sin angustias mayores llegamos al noveno inning, a las puertas ya de la victoria. Pero Julio Juárez empieza a entrar en dificultades. Hace out a Capiró, pero «La Maravilla» Jarquín pifia en mala hora un batazo de Marquetti, y ya hay un corredor en primera. Y nada hay más cierto en las cábalas del beisbol: tras el error viene el hit.

Félix Isasi, el segunda base cubano, mete un doblete entre right y centerfield, y Marquetti avanza a la tercera. Dos corredores en posición anotadora. Ahora solo bastaba con que el hombre de turno al bate, Urbano González, el tercera base, un verdadero peligro viviente, pegara un sencillo, y esas dos carreras estaban en el home plate, con lo que el juego se empataba, y era como si las cosas volvieran a empezar.

Entonces «La Bruja» Córdova nos hace señas a Antonio Herradora, a Sergio Lacayo y a mí de que vayamos a calentar el brazo, lo que para el pitcher

186

que está en apuro allá en la lomita es una mala señal. Se está acabando la confianza en su brazo.

Y, de lejos, desde el bullpen donde estoy haciendo mis lanzamientos de rigor, veo que de pronto «La Bruja» se pone de pie, sale del dugout, atraviesa a paso urgido la raya de tercera base, y andando así, encorvado, como era él, camina hasta el montículo. La muchedumbre empieza entonces a corear en las tribunas el nombre de Julio Juárez. Lo respaldan para que no le apliquen la grúa. No quieren que se lo lleven. Pero también puede significar que lo están despidiendo con honores.

Julio Juárez dice que pensó: «Bueno, hasta aquí no más llegué». Y se preparó para entregar la bola.

—¿Cómo estás, guajiro? —dice que le preguntó «La Bruja» cuando estuvieron frente a frente.

—Bueno, yo me siento bien... —contestó él.

—La gente cree que yo vengo a sacarte —le dijo entonces «La Bruja»—. Pero lo que vengo a decirte es que te apures, porque tengo una cita con una jeva que me trae loco y tú me estás atrasando. Así que, coño, termina esto ya.

«La Bruja» regresó al dugout, con su mismo paso apurado, y Julio se quedó con la pelota en la mano. Era una McGregor 97, la pelota oficial del campeonato.

Recomienza el juego. Isasi se está moviendo impaciente en la segunda base, alejándose cada vez más de la almohadilla, en amago de emprender carrera, que es una manera de adelantar terreno a la hora de un batazo, y a la vez de poner nervioso al pitcher.

Julio Juárez se arma lentamente, y deja ir el lanzamiento.

Urbano González conecta una línea de aire hacia el shortstop, «La Maravilla» Jarquín busca la bola moviéndose hacia un costado, la engarza con el guante, Isasi se ha alejado demasiado, ya no tiene tiempo de volver a la segunda, y es solo cosa de pasarle la bola a Rafael Obando, que está parado sobre la almohadilla, reclamándola, para sacar el tercer out; pero «La Maravilla» va él mismo, con paso tranquilo, a pisar la base, y remata así el doble play.

—No. Esta bola es mía, perdoname, pero esta bola no te pertenece —recuerda Rafael Obando que le dijo, con una gran sonrisa pintada en la cara.

Entonces el gentío, incontenible, se lanzó al terreno de juego. Puede verse en las fotos. Agarraron a Julio Juárez, lo alzaron en hombros, lo anduvieron en procesión por todo el terreno, dándole la vuelta completa al estadio, dos, tres veces, y a todos los demás nos cargaron también, hasta a los que no habíamos jugado, como santos en procesión.

Somoza mandó a llamar a Julio Juárez a su palco y les sacaron una foto, Julio en medio, entre Somoza y doña Hope. Somoza daba brincos de contento. Lo que puede brincar un hombre que para entonces andaba en casi trescientas libras. Antes de que le diera el infarto que por poco lo mata.

Dice Julio Juárez que pasaron varios días sin que se diera cuenta bien de lo que había ocurrido, como que no lo asimilaba, como que no le pertenecía, hasta que ya estando en León, en su casa en el barrio de Guadalupe, un amigo llegó a dejarle de regalo un casete que había grabado de la transmisión del juego, del principio al fin.

Entonces se sentó a escuchar el casete. Y ya al final, cuando Sucre Frech narra el momento en que «La Bruja» Córdova sale del dugout y se acerca al montículo, todo el mundo creyendo que llegaba a pedirle la pelota, cuando se reinicia el juego, cuando hace aquel lanzamiento que resulta en la línea al shortstop disparada por Urbano González, cuando «La Maravilla» Jarquín va a pisar la almohadilla de segunda base, y ya está sacado el último out, entonces, al oír todo eso, se puso a llorar. Y después se reía de haber llorado, porque esa es la felicidad, el llanto y luego la risa.

Aquel trabuco que fue la Selección Nacional de 1972 no se volverá a repetir. Cómo nos festejaron aquella vez. Nos llevaban a los comercios en Managua y nos regalaban camisas, nos regalaban lociones. Los restaurantes nos convidaban gratis. Somoza nos invitó a su residencia de El Retiro a una cena, se fotografió con todos nosotros. Se reía a carcajadas, con un puro en la mano, y no paraba de repetir: «¡Le gané a Fidel!». Un edecán nos entregó a cada uno, en su nombre, un sobre con mil córdobas. Y el gobierno nos prometió una casa. El cielo y la tierra nos prometieron.

Hasta que obligadamente nos olvidaron, porque a las pocas semanas vino el terremoto que en segundos acabó con Managua, y ese mes de diciembre, que empezó con la alegría del triunfo, terminó con la tragedia de miles de muertos, incendios, manzanas enteras de escombros. Somoza ordenó que todo el mundo debía abandonar la ciudad, y solo quedó una oscurana cercada por alambres de púas, y la hedentina de los cadáveres soterrados bajo las ruinas. Roberto Clemente salió a medianoche de Puerto Rico en un avión de carga trayendo ayuda para los damnificados del terremoto, y el avión cayó al mar. El mar fue su tumba.

Ahora ya todos somos un atajo de ancianos. Unos llegaron lejos, otros nos quedamos en el camino. Otros ya se murieron.

A Vicente López, el hombre del cuadrangular contra Cuba, el cáncer lo dejó nada más en hueso y pellejo hasta que lo mató. Otros terminaron en tragedia, como «El Bambino» Pedro Selva. Fue acusado falsamente de haber asesinado a sus propios hijos, hasta que su esposa se declaró culpable de haber sido ella la hechora del crimen, en venganza de lo mujeriego que era. Y cuando vino la revolución lo acusaron de ser oreja de Somoza, y por poquito lo fusilan en Jinotepe. Al final, se lo comió el azúcar en la sangre.

Hace poco enterraron a Argelio «La Bruja» Córdova en Chinandega. Salió en el periódico una foto donde aparece Julio Juárez en ese entierro.

—¿Ese es Julio Juárez? —le pregunté a un hijo mío. Es que yo ya no veo bien por la catarata. Tienen que operarme, pero vamos a ver cuándo.

2020

Vida sexual de los marsupiales
y otras especies

1

Un estudio científico publicado en la revista *Zootaxa*, de Nueva Zelanda, sugiere que los machos de algunas especies de marsupiales copulan con tal vigor e intensidad que no soportan el estrés y mueren. Es el caso del *Antechinus* de cola negra que habita los bosques de Australia, el cual pierde la vida a causa de sus frenéticas sesiones de apareamiento.

Las cópulas de este animal, un solo macho con un ingente número de hembras, se prolongan durante catorce horas seguidas y se repiten sin pausa durante varias semanas, lo cual hace que el exceso de testosterona incremente los niveles de la hormona del estrés hasta resultar letal.

Esta copulación de carácter suicida es conocida como iteroparidad, al contrario de la semelparidad, que se da cuando el individuo de la especie copula una sola vez para luego morir. Este último es el caso de la abeja melífera macho, pues sus órganos reproductivos son arrancados durante el acto sexual y sus testículos explotan.

En el caso de los mamíferos la pregunta por responder es si en el coito continuado, o iteroparidad, estos son capaces de sentir placer; y, en este caso, si es la búsqueda insaciable del placer lo que los lleva a la muerte.

Los primatólogos Joseph Manson y Susan Perry, investigadores del Instituto de Biología Genética de la Universidad de Ontario, averiguaron que, en el caso de los bonobos, una de las especies que componen el género de los chimpancés, el apareamiento de los machos, más allá de la necesidad biológica de la procreación, se halla motivado por la búsqueda del goce carnal. «La estructura del sistema nervioso central de los humanos, igual que el de las demás especies de mamíferos, entre ellos los bonobos, está organizada para hacer posible este goce», explican.

Las técnicas de neuroimagen —resonancia magnética funcional y tomografía por emisión de positrones— «ayudan a esclarecer el funcionamiento fisiológico de las emociones, puesto que son capaces de revelar qué áreas cerebrales pueden asociarse con determinados estados», dice el doctor Marc Bekoff, profesor emérito de Ecología y Biología Evolutiva en la Universidad de Colorado.

Así se han obtenido evidencias convincentes de que algunos animales sienten una gama completa de emociones, incluyendo «miedo, alegría, felicidad, vergüenza, resentimiento, celos, rabia, ira, amor, compasión, respeto, alivio, disgusto, tristeza, desesperación, dolor. Y placer», entendido este último como la gama de emociones y sensaciones que provoca el deseo sexual, y su consiguiente satisfacción, hasta alcanzar el paroxismo.

La doctora Agnieszka Sergiel, del Departamento de Conservación de Vida Silvestre de la Academia de Ciencias de Varsovia, afirma por su parte: «Tenemos relaciones sexuales porque nos ayudan a preservar nuestra herencia genética. Eso es exacto, pero incompleto: faltan los aspectos más fugaces, empíricos y placenteros del más básico de los impulsos sociales, como lo es el apareamiento, y eso lo tienen los animales. Ignorarlo sería como mirar un cuadro sin la mitad del espectro de colores».

2

Soy noctámbulo. Escribo en las madrugadas, como he leído que lo hacen algunos grandes novelistas, solo que lo mío son crónicas de prensa, y nada mejor que la solitaria redacción del periódico a esas horas para poner manos a la obra. A la medianoche me levanto de la cama, salgo al patio de la cuartería, me calzo el casco protector y mi motocicleta china me lleva por el nudo de calles del Mercado Oriental, por el momento desiertas de tráfico, donde suenan en todo su furor las roconolas de las cantinas y los bailongos, mientras las cuadrillas de barredores municipales lavan con mangueras las hojas de plátano, frutas podridas, bolsas plásticas y demás desperdicios que cubren el pavimento.

Porque el periódico ocupa el local de una antigua sala de billar en el corazón de este inmenso mercado, o más bien valdría decir en sus tripas. La redacción consiste en una sola mesa con cuatro sillas alrededor, y dos computadoras cuyo uso nos turnamos entre los cuatro periodistas de planta. Al frente, el escritorio del turco Anuar Ahmed, que se presenta al final de cada tarde a revisar las planas ya armadas, junto a otro más pequeño donde Carmelina lleva la contabilidad.

Estaba una de esas madrugadas dándole copy paste al texto inserto arriba, acerca de la copulación de los marsupiales, mamíferos y otras especies animales, a fin de reducirlo a cuatrocientas palabras y meterlo en la edición del día siguiente, cuando sonó el teléfono. Pero antes de referirme a esa llamada es necesario explicar la naturaleza y fines del periódico al cual presto mi concurso.

No sé si en alguna otra parte habrá algún otro tabloide como este, sobre todo ahora, cuando ya no van quedando periódicos de papel en el mundo. Porque, fundamentalmente, nosotros nos dedicamos a publicar los acontecimientos que se dan en este inmenso laberinto comercial que se ha tragado ya diez barrios de la ciudad de Managua, para alcanzar una extensión de ciento cincuenta manzanas. Y no deja de crecer.

En nuestras páginas cubrimos matancingas, cuchilladas y balaceras, asaltos a mano armada y robos por escalamiento, incendios de tramos y bodegas, pleitos de cantina, trifulcas en los burdeles, así como estafas y engañifas, las cuales aprovechamos para elaborar notas de color; pues muchos ingenuos, apenas se bajan de los buses, quedan a merced de las vivezas de marrulleros y tramposos que aquí pululan a su libre albedrío. Y hacemos reportajes gráficos sobre los acontecimientos de la vida social de marchantas, buhoneros, carniceros, verduleras y locatarios, tales como bautizos, cumpleaños, bodas y graduaciones, servicio que se cobra por pulgada columnar, igual que se cobran los avisos fúnebres.

También se incluyen novedades de la farándula internacional, con fotos de los artistas, según estén de moda en el gusto popular, en el que algunos de ellos permanecen siempre, como es el caso de Los Tigres del Norte o Los Tucanes de Tijuana, que cantan narcocorridos. Otros vienen y van. Edición de ayer que tengo a la vista sobre la mesa: se revela romance entre la novia de Bad Bunny y el cantante de trap latino El Dominio. Ricky Martin y su esposo Jwan Yosef esperan su cuarto hijo nacido en vientre de alquiler. A Madonna le quedó una cicatriz en la nalga tras una cirugía estética. Y chismes de la realeza europea: a la princesa plus size Amalia, heredera del trono de Holanda, no hay modisto que la vista.

En la portada traemos siempre una modelo topless, o en baby doll, imágenes que se obtienen por medio de la piratería en las redes, igual que todo lo referido a los famosos, lo cual el turco Ahmed no lo considera de ninguna manera delictivo, y nos servimos por tanto con la cuchara grande. Tijera y goma a libre discreción, como el artículo sobre las costumbres sexuales de ciertos animales que iba a empezar a editar la madrugada a la que me refiero.

El periódico fue fundado por el ya mencionado Anuar Ahmed, quien decidió instalar la redacción, para su mayor facilidad, a un par de cuadras de su almacén El Encanto de los Precios situado en la avenida principal de Ciudad Jardín, que es, digamos, la parte chic del Mercado Oriental. Así, con solo internarse a pie por unos cuantos minutos entre los vericuetos de los tramos y tenderetes, pudo desde el primer día vigilar el cierre de edición para que no se colara nada contra el gobierno, pues de lo contrario era cierto que podían vengarse reteniéndole la mercadería en la aduana o enviándole una pandilla de auditores de la Dirección General de Ingresos a revisarle con lupa los libros contables.

El billar fue clausurado por la policía debido a un crimen de carácter pasional, tras lo cual el turco Ahmed compró la casa a precio más que favorable. Sucedió que un comerciante de pacas de ropa americana entró pistola en mano un lunes por la tarde y mató a tiros al amante de su esposa, cuyas gracias, a decir verdad, eran escasas. La víctima, y rival del hechor, era dueño de un tramo en el galerón de las carnes, y en esos momentos jugaba tranquilamente una partida de pool. Recibió los impactos de las balas por la espalda, y quedó embrocado sobre la mesa, sin soltar el taco que tenía en la mano.

Estaba, pues, en que iba a empezar a editar la nota fusilada de internet cuando repicó el teléfono. Aquí tenemos teléfono de los de antes, un solo aparato de baquelita al centro de la mesa de redacción, alrededor de la cual nos sentamos cada tarde a trabajar las notas después de callejear el día entero reporteando, igual que una familia se sienta a comer.

Carmelina nos hace compañía los viernes por la tarde, cuando coloca sobre el escritorio su calculadora portátil y los manojos de comprobantes y recibos para cerrar las cuentas de la semana en cuanto a circulación y anuncios. Es una mujer menuda, en su treintena. De empleada del mostrador de telas de El Encanto de los Precios pasó a ser la consorte legal del turco Ahmed, quien la desposó en edad madura, tanto que su calvicie era ya pronunciada, mientras que ella pasaba apenas de los veinte; de manera que entonces se dijo que más bien parecía un padre llevando al altar a la novia.

Es mujer de pocas palabras, muy recatada y modosa, pero sus blusas, confeccionadas de tela transparente, dejan ver el brasier de encaje, tan ajustado que sus senos turgentes desbordan por encima de las copas, sobre todo cuando suspira; y al expeler el aire a través de los labios entreabiertos, enseña sus dientes menudos manchados de lápiz labial, como prestos a morder.

Mientras va realizando las operaciones aritméticas auxiliada por la calculadora, no deja de darnos consejos edificantes, y nos insta a «alejarnos de los vicios nefandos y el libertinaje carnal». Qué insistencia no habrá puesto para que el turco Ahmed abandonara el credo maronita de sus ancestros en Beirut, y se pasara a la Iglesia Manantial de Agua Viva, de la cual ella es sacristana, o su equivalente en las congregaciones evangélicas. No sé para qué su empeño en gastar saliva con nosotros, pues los sueldos del periódico no ajustan para entregarse al más barato de esos vicios que ella llama nefandos; y si no fuera porque las mercaderas nos bonifican por debajo de la mesa cuando destacamos en el periódico las fotos de sus hijas vestidas de hada madrina en sus quinceaños, o de sus niños soplando las candelitas del queque, nos las veríamos más negras aún para proveer a nuestra subsistencia.

A veces, tras suspirar, sus labios se aprietan como en un beso, un sesgo que yo juzgo involuntario, y, lo más seguro, se trata solo de un tic nervioso. De todas maneras, a los presentes no nos toca sino bajar la mirada, no vaya a figurarse que ponemos sobre ella ojos lujuriosos y nos recite entonces los versículos amenazantes de la carta de San Pablo a los Romanos, que es su caballito de batalla: «Nada de comilonas ni borracheras, nada de lujuria ni desenfreno, nada de riñas ni pendencias».

La llamada telefónica a que me he referido, a hora tan desusada, provenía de nuestro informante en la policía, el comisionado A. L., quien es el segundo al mando en la Estación Uno, cuyas instalaciones se encuentran también dentro de las tripas del Mercado Oriental.

Había un cliente muerto en el motel El Nido del Amor. Estaban haciendo el levantamiento del cadáver. Si me apuraba, la primicia era para mí. Los informes oportunos del comisionado A. L. son reconocidos por el turco Ahmed con frascos de perfume, zapatos, carteras para dama y otros artículos similares de calidad dudosa, que se le entregan debidamente empacados para regalo.

El motel se hallaba situado en Jardines de Santa Clara, no lejos del Mercado Oriental, aunque fuera de sus límites, pero según mandato del turco Ahmed es la importancia de la noticia la que marca el territorio; así que tras abordar mi motocicleta china me dirigí rumbo a la Carretera Norte en busca del lugar señalado.

Se trataba de un motel de estilo moderno, y de muy reciente construcción, de modo que aún había en la calle, arrimados contra el muro de cemento del perímetro, ripios y restos de formaletas. Su emblema realzado en neón, cosa curiosa, es el mismo de la leche en polvo Nestlé, unos pajaritos que juntan los picos dentro de un nido.

No soy experto en moteles, por las mismas razones de mi limitación de medios económicos. La moto, Qianjiang, sacada a plazos, la debo para la eternidad. Comienzo entonces por anotar la existencia de dos portones automáticos distintos. Uno de ingreso de los vehículos y otro de egreso, a conveniente distancia el uno del otro, seguramente para impedir que quienes salen puedan ver las caras de quienes entran, y viceversa.

Una vez un compañero de redacción, quien tampoco ha visitado nunca uno de estos lugares de esparcimiento, escribió una nota que siempre creí inventada por él mismo, para lo cual hay licencia en el periódico, pues otro mandamiento del turco Ahmed reza que la noticia es buena mientras haya quien la lea.

La noticia trataba de dos señoras ya mayores, de alta sociedad, identificadas en el texto solo por sus iniciales, como es regla en el periódico cuando no se debe comprometer el honor de las personas; en su ociosidad, decidieron curiosear las interioridades de un motel, para ellas misteriosas, ubicado en las cercanías de la laguna de Nejapa, que es el área de la capital donde se hallan los más antiguos de esos establecimientos; pero apenas habían traspuesto el portón resultó ponchada una llanta del carro, del cual nunca habían pensado bajarse mientras practicaban su inspección ocular, con lo que se vieron en el vergonzoso brete de pedir auxilio a los empleados para reparar el neumático y poder escapar a todo vapor del lugar.

Cabe explicar, en beneficio de quienes no han visitado esta clase de lugares de expansión sexual, que cada cuarto dispone de su propio garaje, y así los clientes no tienen necesidad de bajarse del vehículo, siendo el interior del garaje el último punto de observación de las cámaras de seguridad, las cuales solo pueden enfocarlos de espalda. De allí en adelante el velo del secreto cae de manera absoluta sobre ellos, pues el reglamento interno obliga a preservar su intimidad. El personal de limpieza solo puede acceder a la habitación una vez que esta ha sido desocupada, y los servicios de bar y restaurante son provistos, a solicitud del interesado, a través de un torno como el de los antiguos conventos de clausura, tal como se ve en películas que retratan épocas pasadas.

En un solar al otro lado de la calle de acceso hay sembrado un rótulo de esos de carretera, de apreciables dimensiones, con una flecha que señala hacia el motel, donde se ofrecen sus excelencias —«amenities», dice el anuncio—, cada una acompañada de su respectiva ilustración fotográfica: camas redondas de agua, camillas con estribos, como las de los consultorios de ginecología, espejos panorámicos de techo y de pared, jacuzzi, hidromasaje, aguas turbulentas. Y los servicios ya dichos de bar y restaurante; en este último caso, la ilustración consiste en un apetitoso churrasco con papas fritas servido en un azafate.

Encontré al comisionado A. L. en el área administrativa, mientras sus subordinados se encargaban de practicar las diligencias del caso. Según el primer informe a mano el muerto era un hombre recio, de estatura media, de unos cincuenta años. Estaban haciendo las últimas fotos en la habitación antes de trasladar el cadáver a la morgue. El dictamen provisional del forense de guardia presuponía infarto fulminante al miocardio a consecuencia del estrés sexual. Faltaba ver lo que mostrara la autopsia.

Vaya coincidencia curiosa, pensé, mientras la nota que luego teclearían mis dedos en la computadora empezaba a dibujarse en mi mente: estoy pirateando un artículo científico acerca del estrés llevado al extremo durante el coito, y en un cuarto de este motel se halla, mientras tanto, sin que yo lo sepa aún, un cadáver: «Los despojos mortales de un sujeto cuyo corazón sucumbió mientras rendía culto a la diosa Venus ante sus sacrosantos altares. ¿No calculó bien su fuerza vital, y se excedió más allá del límite? ¿O ya albergaba su corazón un daño, potenciado al consumar el acto erótico? En cualquier caso, la pequeña muerte, paradojas del destino, se convirtió en la grande y definitiva muerte».

El comisionado A. L. me permitió leer las anotaciones de su cuaderno de bitácora: «El fallecido se presentó a la 1:27 a. m. a bordo de un vehículo sedán color blanco identificado con placa M-194791, según registran las cámaras de seguridad, y lo hizo en compañía de tres personas del sexo femenino. Una hora después, a las 2:26 a. m., las tres mujeres abandonaron el lugar apresuradamente, y se dispersaron a pie por la calle, según fueron registradas por la cámara que vigila el perímetro externo».

La nota seguía bailando en mi cabeza, pero ahora de manera más frenética: «... había ingresado el huésped al lujoso antro de placer en compañía de tres mujeres, pues a sus fantasías eróticas no les bastó con una sola, ni siquiera con dos; siendo así que fue la iteroparidad, propia del *Antechinus* de cola negra, la causa del óbito de este desafortunado en la suntuosa cama de agua de un motel. ¿Y cómo caben cuatro personas en una cama, cabe preguntarse, si no es en un desordenado tumulto de cuerpos propio de las desenfrenadas orgías del imperio romano? Aunque, tal vez, la camilla de estribos, presente en el lugar de los hechos, dio cabida al menos a una de las acompañantes, lo cual despejaría un tanto el amotinamiento del escenario central. Nunca, sobra mencionarlo, el autor de estas líneas se ha acostado en una cama de agua, ni solo, ni acompañado».

(Anoto mentalmente que la frase «la iteroparidad, propia del *Antechinus* de cola negra» debe ser revisada en aras de la fácil comprensión del lector; o relacionarla de manera conveniente con la nota pirateada, la cual debería publicarse en la misma edición, para resaltar las coincidencias del caso).

El administrador de turno en el motel, de nombre E. R., acude al vestíbulo a instancias del comisionado A. L. y se declara gustoso de responder a mi interrogatorio periodístico; y mostrando coquetería, antes de que proceda a fotografiarlo con mi teléfono, se anuda bien la corbata de lazo. Su uniforme consiste en pantalón rojo color frijol, camisa blanca manga corta, y tanto la corbata de lazo como la visera plástica, rojo frijol también. Sobre el bolsillo de la camisa luce bordados los pajaritos de la Nestlé en el acto de besarse con los picos. No sé, pero ese uniforme me parece más propio para vender helados de distintos sabores en una heladería que para regentar un establecimiento de esta naturaleza. Y no solo su uniforme es rojo frijol; todo en el sitio lo es. Las paredes forradas de vinilo, la alfombra, los muebles de formica, también como en una heladería. Es el diseño recomendado y ejecutado por la firma de decoradores contratados en Miami, según E. R., aun en esta parte de las instalaciones que se supone los clientes nunca ven. Los cuartos, según me advierte, tienen diseño y color igual. «¿Será porque el rojo es el color de la pasión, según opinó Beyoncé cuando le preguntaron por su color favorito en una entrevista?».

E. R. asume un tono confidencial para decirme que apenas vio por los monitores de control a «las tres trabajadoras sexuales» abandonar a pie el motel, se dirigió al cuarto asignado al cliente en cuya compañía habían ingresado, a fin de comprobar, tal como establece el reglamento de la casa, si no había sido víctima de algún asalto o agresión; pero al pegar la oreja a la puerta de servicio escuchó fuertes ronquidos, por lo que se despreocupó del asunto y regresó a sus labores habituales.

E. R., muy pulcro, las llama «trabajadoras sexuales». Nosotros, en el periódico, preferimos pinceladas tales como hetaira, meretriz o mariposa noctámbula; así como a los ladrones los llamamos cacos, o bien amigos de lo ajeno.

—¿Cómo sabés que las tres mujeres eran «trabajadoras sexuales»? —le pregunto.

—Le dejo la tarea de conseguirme a tres mujeres que no sean putas, dispuestas a meterse juntas con un hombre en el cuarto de un motel.

Mi sorpresa es grande ante el abrupto giro de su vocabulario, y el desparpajo con que responde.

—¿Es frecuente el caso de que un cliente aparezca con tres mujeres a la vez?

—Por lo menos en mi turno es la primera ocasión que ocurre. He visto a alguien entrar con dos, pero tampoco eso pasa a cada rato.

Me observa mientras apunto sus palabras, y agrega:

—Lo normal es uno y uno, aunque a veces sean hombres los dos, o también mujeres las dos.

Es un detalle interesante, y, sin dejárselo saber, lo recibo complacido.

—¿Cómo iban vestidas las tres jovencitas?

—De jeans y sandalias —responde con prontitud—. Y las tres usaban carteras grandes, de esas de colgarse al hombro.

Y las sigue describiendo con tales detalles que empiezo a dudar de la veracidad de lo que dice, pues tomo en cuenta que solo las vio pasar fugazmente por los monitores. Una llevaba los jeans rotos por las rodillas, como es la moda juvenil; las sandalias de la otra eran doradas, la otra usaba peluca rubia, las carteras eran de esas de marcas falsas. De todas maneras, las grabaciones de imagen están ya en manos de la policía, y podré comprobarlo después.

En cuanto a los ronquidos escuchados detrás de la puerta, su mentira es obvia. El informe forense habla de un ataque fulminante consecuencia del estrés sexual. Lo que creo que de verdad sucedió es que E. R. no cumplió con el reglamento de la casa, y no acudió a informarse, tal como afirma. Si las mujeres salieron de manera intempestiva, es porque el cliente murió en sus brazos, y se asustaron. Digo, más bien, en los brazos de alguna de ellas, porque en los brazos de las tres no resulta explicable.

A mi pregunta acerca de si el reglamento permite que un cliente se presente con tres mujeres de una sola vez, E. R. responde que no existe prohibición expresa al respecto, así como tampoco hay ninguna ordenanza ni disposición del Instituto de Turismo o del Ministerio de Gobernación, ni ninguna otra que impida que los clientes pertenezcan al mismo sexo; y esto último es ya agregado espontáneo suyo.

—¿Todas las camas son redondas? —le pregunto—. ¿Todas son de agua?

Asiente gravemente. Y observa:

—La cama donde se cometió el homicidio tendrá que ser retirada del cuarto, por razones obvias.

No entiendo cuáles son esas razones obvias, ya que no ha habido de por medio ningún hecho de sangre, y, por tanto, la cama quedará intacta una vez retirado el cadáver. Y habiendo él mismo dado fe de que escuchó al hombre roncando, ahora lo presupone víctima de un homicidio, lo cual constituye una flagrante contradicción.

Pero quizás todo se deba a que no sabe usar las palabras, y llama homicidio a un deceso imprevisto. Solo el ejercicio de la profesión periodística lo puede llevar a uno a dominar los términos especializados. Por ejemplo, hay gente que llama occiso a cualquier muerto, cuando un occiso tiene que ser alguien que sucumbió por causa de un acto violento o malicioso perpetrado por otra persona.

El comisionado A. L. me llama aparte de nuevo: se ha determinado que el fallecido fue víctima de robo. Lo despojaron de todos los objetos de valor, pues en una muñeca llevaba un reloj, según la huella en la piel por el uso continuado de la pulsera. Tampoco fue hallada la cartera, donde portaba con seguridad su cédula de ciudadanía, licencia de conducir, tarjetas de crédito, dinero en efectivo, etcétera, lo cual dificultará su identificación. Tampoco aparece ningún teléfono celular. Agrega que, probablemente, las rameras que dispusieron de esos objetos son de índole ambulante, cabe decir, callejeras; la inteligencia policial está tras su rastro.

Ramera viene de «ramo». En la antigüedad, las mujeres que comerciaban con su cuerpo colgaban ramos de flores silvestres en la puerta a la calle de sus aposentos, para señalar su presencia a los clientes. Se lo explico al comisionado A. L., pero pone cara de quien oye llover.

—¿Y la tarjeta de circulación del vehículo? —le pregunto entonces.

—Está a nombre de Hertz Rentacar. La oficina de la compañía en el hotel Crowne Plaza, donde fue alquilado, está cerrada a estas horas, pero andamos buscando al gerente.

El comisionado A. L. es un hombre a quien en una nota periodística se podría llamar promiscuo, aunque no sé si al grado de yacer con varias féminas a la vez. Los regalos que solicita por cada favor hecho al periódico, y que son solventados en El Encanto de los Precios, benefician a distintas mujeres, con las cuales ha procreado hijos que, en su conjunto, forman una apreciable prole. El turco Ahmed se queja de que cada vez sus demandas apuntan más alto. La última ocasión en que visitó la tienda realizó rondas insistentes alrededor de una bicicleta para niños, dotada de lujosos arreos; y luego solicitó que le bajaran del estante una muñeca tamaño natural, que canta y llora, preguntando en ambos casos por el precio, señal inequívoca de que reclamará esos artículos como próxima presea.

Según las presunciones esbozadas por el comisionado A. L., una vez satisfechas las ansias sexuales del fallecido las rameras pudieron haber empleado algún tipo de barbitúrico para hacerlo caer en un profundo sueño y así despojarlo a sus anchas, pero eso solo se sabrá cuando se complete la autopsia.

En todo caso, si las pruebas toxicológicas determinan que la sustancia ingerida contribuyó a provocar el ataque cardíaco, estaríamos hablando de un delito tipificado como homicidio culposo; pues, aunque las hechoras podrían alegar en su defensa que no había en tal proceder intención de causar la muerte de su cliente, no debieron, en cambio, ignorar el peligro al que lo sometían al suministrarle un narcotizante en contra de su voluntad. Y, en esta circunstancia, la palabra *occiso* pasaría a ser de uso legítimo.

Se presentan más novedades, que de alguna manera vienen a abonar la hipótesis antes pergeñada. El comisionado A. L. recibe el reporte de que, en la habitación donde se practican las diligencias, se han encontrado latas de cerveza a medio consumir, que serán enviadas al Laboratorio Central de Criminalística para corroborar si hay rastros de algún tipo de soporífero.

Y las sospechas crecen en ese sentido, con el testimonio que brinda E. R., quien ha escuchado al comisionado A. L.:

—Esas mujeres traían las cervezas, porque aquí en el motel no solicitaron ningún servicio de bar —dice, ofendidísimo—. Introducir bebidas alcohólicas de la calle está estrictamente prohibido.

El comisionado A. L. agrega entonces que, dos semanas atrás, sucedió algo parecido en este mismo motel, cuando una prostituta durmió a su cliente disolviendo una pastilla somnífera en un vaso plástico donde le había servido ron de una botella, también con el avieso propósito de robarle. Se trataba de un comerciante de ganado de Camoapa, quien había llegado a Managua ese mismo día a fin de vender una partida de reses de engorde, y portaba consigo una ingente cantidad de dinero en efectivo, del que fue despojado. El hombre, cuando despertó horas después y montó en su vehículo, iba tan aturdido, presa aún de los efectos de la droga, que, a una distancia de dos cuadras del motel, estrelló su camioneta contra un poste del alumbrado público, lo cual le produjo heridas de consideración. Y no fue sino ya en la cama del hospital, con una pierna enyesada y dos costillas rotas, que tomó conciencia de la grave pérdida pecuniaria sufrida.

—¿Cómo es que en un lugar de categoría como este se producen con semejante frecuencia esta clase de hechos delictivos que involucran sustancias prohibidas y robos a los clientes por parte de hetairas? —le pregunto a E. R., colocando frente a él mi teléfono para grabar sus palabras.

—Este no es ningún club social exclusivo —responde, y aparta el teléfono de manera hosca—. Aquí entra el que paga.

—¿No vienen parejas decentes?

—¿Qué significa parejas decentes?

—Enamorados, novios.

—Y las parejas adúlteras, ¿son decentes? De esas son las que vienen más —responde con evidente sorna.

Y empieza entonces a formular una lista: un pastor de iglesia con una oveja de su rebaño. Un gerente corporativo con su ejecutiva de cuentas. Un profesor de secundaria con su alumna, o viceversa. Haciendo la limpieza de la habitación, las camareras han encontrado objetos muy peculiares olvidados por alguna de esas parejas.

—¿Como por ejemplo?

—Esposas metálicas de exclusivo uso policial, un látigo de domador. Hasta un par de espuelas de montar fueron halladas una vez.

—Nosotros ya no usamos esposas metálicas, sino amarras de nylon desechables —interviene prontamente el comisionado A. L.

—Hace como un mes un cliente, que usted se asustaría si le digo el nombre, porque es persona conocida, volvió por unas piezas de lencería femenina de vuelos atrevidos y colores chillantes —dice E. R.—. Eran suyas, no de su pareja furtiva, porque a ese señor le gusta disfrazarse de mujer pervertida.

—¿Y su pareja era una mujer o un hombre?

—No lo sé, ni a la administración de este establecimiento le interesa.

Es evidente que E. R. oculta la información cuando le conviene, pues antes había abundado de manera gratuita sobre las parejas del mismo sexo que hacen uso del motel.

Llega en ese momento otro de los subordinados del comisionado A. L. para informarle que ya ha terminado el reconocimiento del vehículo, en presencia del gerente del Hertz Rentacar del Crowne Plaza. Ignoraba yo que esa persona ya había sido localizada. Regresaba a su casa de una fiesta de casamiento cuando fue requerido por la patrulla que primero lo acompañó a buscar en su oficina la información correspondiente acerca del cliente que rentó el vehículo. No fue fácil, pues su estado de sobriedad dejaba mucho que desear.

Más latas de cerveza vacías se han encontrado en los asientos y en el piso. Los perros de Técnica Canina vienen en camino para determinar algún vestigio de sustancias prohibidas en la tapicería y en las alfombras.

—Ya saben entonces quién es el occiso —le digo al comisionado A. L.

—La viuda se dirige hacia acá para reconocer el cadáver —me responde, con cara de quien no me va a decir más. Y me invita a que acudamos a la habitación, donde los trámites policiales han llegado a su fin.

E. R. va por delante de nosotros dos a través del pasillo al que dan las puertas de servicio de los cuartos. Lleva en mano la tarjeta electrónica maestra. El que buscamos responde al número 12.

En la pared, al lado de la puerta, se halla el torno a través del cual se suministran los alimentos y bebidas a los clientes.

—Realmente, estos cuartos no dejan de ser una celda —comenta el comisionado A. L. indicando el torno con un retintín sarcástico.

Cabría preguntarle si él, dada su afición por las faldas, se halla entre quienes visitan de manera asidua estas que considera celdas, aquí o en otros sitios del mismo jaez, y si, a cambio de brindar protección de algún tipo, obtiene descuentos sustanciales de parte de los propietarios, y aun hospedaje gratis. Pero temo cualquier arranque suyo de disgusto.

E. R. acerca la llave a la cerradura que se abre con un leve chasquido. Cuando trasponemos el umbral, vuelvo a encontrarme con el característico color rojo frijol. La cuerina de la camilla de los estribos ginecológicos, las cortinas, la alfombra, el cobertor de la cama, las sábanas y las fundas de las almohadas, y hasta la hielera y los vasos. Extrañamente, en la pared no hay ningún cuadro alegórico a los fines consabidos del cuarto, sino unos caballos que corren desbocados en una pradera.

Ya los técnicos forenses, fotógrafos y demás especialistas se han retirado, y solo queda un oficial de rango inferior que aún lleva puestos los guantes de látex y saluda militarmente al comisionado A. L.

El cuerpo se encuentra tendido boca arriba en la cama redonda bajo el usual pliego de aluminio dorado que se usa hoy en día en los procedimientos policiales en lugar de la tradicional sábana mortuoria, pero han quedado al descubierto los pies, que conservan los calcetines puestos.

Dicto a la grabadora de voz de mi teléfono el dato de que el cobertor se halla en el suelo, como si hubiera sido retirado con urgencia para dar uso inmediato a la cama, dada la voracidad carnal del desafortunado huésped, y las sábanas revueltas, entre las cuales yace su cadáver, confirman mi parecer. Sus ropas, que consisten en unos pantalones grises, una camisa celeste manga larga, zapatos mocasines y calzoncillos de motas verdes, aparecen tiradas de cualquier modo sobre la camilla ginecológica.

«Todo indica que el colapso cardíaco debió haberse producido en pleno goce de los placeres propios de Eros que el varón de marras se apresuró en experimentar, aunque no es posible establecer con cuántas de las acompañantes alcanzó a acoplarse en la copulación de carácter suicida (iteroparidad) que efectivamente llevó a cabo, según revelan los datos del informe médico legal. Y según el criterio de este reportero, salvo que los exámenes forenses pendientes me desmientan, no hubo de por medio el uso de drogas somníferas, siendo muy probable que el robo de las pertenencias se haya cometido cuando la víctima había subido ya a la barca de Caronte».

En el momento en que me propongo preguntar al comisionado A. L. si puedo descubrir el rostro del finado para tomar la fotografía que irá en la portada de la edición, se oyen voces detrás de la puerta que da al garaje.

Esta se abre y entran dos oficiales escoltando a la viuda, quien lleva grandes anteojos oscuros a pesar de la hora nocturna, y un pañuelo anudado a la cabeza, todo en previsión de ocultar el rostro, a pesar de que no viene a realizar ningún acto pecaminoso sino a cumplir con un obligado trámite policial. Dirijo hacia ella el lente de mi teléfono celular, y cuando la tengo en el visor advierto el característico sesgo de los labios que se aprietan como en un beso involuntario.

El comisionado A. L. torna a mirarme con irónica complacencia, divertido ante mi gesto de sorpresa, sin mostrarse para nada compungido por el hecho evidente de que ya no podrá cobrar la bonificación de la bicicleta y la muñeca, puesto que quien yace en la cama de agua no es otro que el turco Ahmed.

Los deberes de mi oficio se imponen sobre el desconcierto, y el deslumbre de flash de mi teléfono se multiplica cuando Carmelina se adelanta hacia la cama y el oficial levanta el pliego de aluminio para mostrarle el cuerpo sin vida, completamente desnudo salvo por el detalle antes anotado de los calcetines.

«Cualquiera diría que duerme tranquilamente, y hasta sonríe, el labio superior oculto bajo el bigote entrecano, en contraste abrupto con las cejas negrísimas. Su calva luce fresca, como si acabara de salir de la ducha, y la tez sonrosada parece recién maquillada. Ningún rictus de dolor, ningún asomo del trabajo de la agonía. El estrés por acoplamiento, acaso con un ingente número de hembras, parece no dejar rastro».

Carmelina lo mira de arriba abajo. No se ha quitado ni los anteojos ni el pañuelo que cubre su cabeza. En ningún momento ha flaqueado. En ningún momento se la ve que trate de amagar el llanto llevándose, por ejemplo, la mano a la boca. Ante la pregunta de rigor del comisionado A. L. asiente gravemente una sola vez, sin quitar la vista del cadáver. Sí. Es él.

La cámara de mi teléfono se dispara una vez más, y ante el nuevo deslumbre se encamina muy decidida hacia mí. Me ha reconocido seguramente desde que dio el primer paso dentro del cuarto. Yo, por mi parte, extiendo hacia ella el teléfono en señal de rendición. Puede borrar las fotos si quiere, está en todo su derecho.

—Todo va en primera página —me dice más bien, con voz que no deja duda de que me está dando una orden—. Y nada de iniciales. Con su nombre completo. Y el de las tres mujeres, apenas la policía los averigüe.

—Sí, señora —alcanzo a balbucear.

—Que le sirva de lección —dice, echándole una última mirada.

No sé qué lección puede sacar ya de esta experiencia el turco Ahmed, tendido en la cama de agua entre las sábanas rojas revueltas, otra vez cubierto por el pliego de aluminio dorado.

Los camilleros se llevan el cadáver rumbo a la morgue. Carmelina sube al carro de la policía, a cuyo volante se coloca el comisionado A. L. para trasladarla personalmente de vuelta a su domicilio.

Y ahora, mientras conduzco mi moto a través de las calles desiertas donde solo me hallo con algún taxi que ruletea sin muchas esperanzas, y algún camión de basura que avanza a trechos entre el ruido de los tachos vacíos devueltos con estrépito a las aceras, voy pensando que mejor debo eliminar de la nota la palabra *iteroparidad* por no ser de fácil comprensión para los lectores.

Diciembre de 2020-enero de 2021

Ese día cayó en domingo de Sergio Ramírez
se terminó de imprimir en el mes de noviembre de 2022
en los talleres de Diversidad Gráfica S.A. de C.V.
Privada de Av. 11 #1 Col. El Vergel, Iztapalapa,
C.P. 09880, Ciudad de México.